이상향

이상향

초판 1쇄 발행 2025년 7월 8일

지은이 유신월
펴낸이 장길수
펴낸곳 지식과감성#
출판등록 제2012-000081호

교정 이주희
디자인 김희영
편집 김희영
검수 한장희, 정윤솔
마케팅 김윤길

주소 서울시 금천구 벚꽃로298 대륭포스트타워6차 1212호
전화 070-4651-3730~4
팩스 070-4325-7006
이메일 ksbookup@naver.com
홈페이지 www.knsbookup.com

ISBN 979-11-392-2694-2(03810)
값 16,700원

- 이 책의 판권은 지은이에게 있습니다.
- 이 책 내용의 전부 또는 일부를 재사용하려면 반드시 지은이의 서면 동의를 받아야 합니다.
- 잘못된 책은 구입하신 곳에서 바꾸어 드립니다.

지식과감성#
홈페이지 바로가기

이상향

유신월 지음

理
想
鄉

「 서설 」

　지옥을 논하기 위해선 지하로 꺼지는 것이 아닌, 힘차게 날아올라 하늘에서 내려다보아야 하는 것이다. 천국을 목도하기 위해선 지면에 발바닥을 두고 고개를 추어올려야 하는 것이다. 아름다움이란 너무나 허무한데, 이 허무함을 떨치려면 죽어야 하는 것이다. 죽지 못해 살아가다 형언할 길 없는 죄악과 번민의 삶에, 그것도 갓 성년이 된 겨울밤, 부드럽지만 사나운 눈발, 휘영청 밝아 있는 달의 아래에서, 나는 비로소 깨닫게 된 것이다. 지옥 불에 살라지며 천국의 바람 한 줄기에 적셔지는 것. 천국에서 지옥을 굽어보며 구원할 죄인을 눈여겨보는 것. 나는 화중火中에 발광하면서도 때때로 천

국의 표식이 깃든 그것들을 보고, 전율하며, 참으로 훌륭한 아름다움을 느낀 것이다. 아름다움에 단계란 없지만 수준은 존재했다. 누구든 배필의 손가락에 딱 맞는 결혼반지를, 금강金剛이 박힌 가락지를 간택할 수 있고, 별의별 장신구가 늘어진 전시대를 보며 실감 나지 않는 열락에 빠져들 수 있는 것이다. 종국에는 장대한 극광 아래에서 연인에게 직접 반지를 끼워 줌으로써, 무량의 감동에 겨워 눈물이 괴는 것이다. 누구나 천행만복의 환희를 자아낼 수 있다. 이보다 농도 짙은 아름다움은 분명코 존재한다. 하지만 이것은 행복에 행복을 더할 뿐이다. 아름다움에 도전의 결과를 끼얹을 뿐이다. 모험의 목적지에 도달했을 뿐이다. 우리가 아름다움의 진미를 한 입 하기 위해선, 지옥으로 떨어지지 않으면 안 되는 것이다. 끝없이 추락하고 망가지다 보면 계절조차 쓸쓸한 겨울을 거닐면서, 내가 아닌 다른 이와 더할 나위 없는 추억을 만들고 있는 첫사랑을, 겨울의 그녀를 발견하는 것이다. 아름다움이란 고통과 침묵의 바닥에서, 가령 몇 년 전 그녀와 아름다움의 배가를 감득했던 서로의 심금이, 이미 그녀는 잊고 나 홀로 기억하는 심금이, 다른 이와 행복한 그녀를 보고 종소리의 파문처럼 울려 온몸을 전율케 하는 것이다. 나는 그녀와의 공감을 떠올리며, 눈보라를 헤치면서 점점 앞으로 나아간다. 혹시라도 그녀가 등지고 가는 나를, 슬며시, 몰래 볼지라도.

 이상향理想鄕의 관 뚜껑을 쩍 뻐개고 갈라진 틈서리를 잡아 뜯자, 이때부터 눈부신 빛깔이 월홍이라 부르는 달빛 덕에 보이는 밤 무지개처럼 아물거린다. 이상향은 가볍다는 말보다도 가볍다. 빛을 뿜지만, 무척 어둑하다. 흠뻑 젖은 미역을 위에서 아래로 늘어뜨렸을 때처럼, 이상향의 광나는 점액질이 뇌수처럼 흘러내린다. 나는 손가락을 우그리어 이상향의 머리칼을 쥐고, 흑백 광채를 옅게 발하는 이것을 백일하에 내보인다. 고요한 밤중에 나는 이상향을 써 내려가기 시작한다. 모두의 무덤에서 꺼내 올린 이 창백한 것을 들고. 그대들에게 꼭 해 두고 싶은 얘기가 있다. 문학의 신화에서 금세기의 체험과 발견은 더 이상 무의미하다는 것. 어쩌면 그대들은 문학의 셈을 실문하지 못했거나, 읽지 않았거나, 관심에 두지 않았다. 만천하의 현상과 경지境地는 고전에 쓰여 있다. 우리는 이제 공감과 귀납의 세대에 정주하며 연역으로의 삶을 연계해야만 한다. 자문자답하며 실존 자체를 사유하고, 과거의 제반에 대한 깨우침과 현재의 배움을 경시할지언정, 그것들이 이미 우리가 의식하는 유감有感에 아로새겨 있다는 것도 유념해야 한다. 그 편린들이 쌓이고 쌓여 내가 나아가고자 하는 방향을 관념적으로 암시한다는 것. 끝내 벌거벗은, 인생이란 이름을 가진 인어가 편린으로 가칠된다는 것. 비록, 내가 그대들에게 계몽적인 잠언이나 늘어놓을, 그러니까 연륜을 내세워 경성할 만한 현인은 못 된다. 당연한 것들을 문장화하면 그것이 진리의 화석이 된다는 말도 이미 니체가 주장했던 바고, 난 그것을 표방하기 직전에 '아! 진작 표명된 금언이었구나'라는 것을 깨달을 수 있었을 뿐이다. 이것은 아무래도 상관없는 소리이긴 하다. 오늘날, 불야성不夜城처럼 늘 밤을 보내면서도 낮이라고 착각하는 나의 삶이, 드디어 밤만의 아름다움을 찾았기 때문이다. 그대들과 나의 과업은, 우리의 진정한 꿈은 비로소 꿈꾸지 않을 때, 끝나지 않는 밤을 체념할 때 찾아오는 법이다. 여차함을 우발과 조우라 일컫는다. 우리의 인생길에서, 환난의 연속인 인생길에서, 첫사랑인 그녀를 계획적으로 차지하는 기쁨이란 존재할 수 없는 것처럼, 기나긴 밤중에 낮의 햇살을 구태여 쬐려는 의도는 헛수고일 뿐이다. 우리의 꿈이 원래 그러하다. 정작 꿈의 실현은, 그것을 잊은 지 몇 순간, 혹은 수십 년, 몇 광년 후에 감개무량의 이름으로 통감케 되는 것이다. 지옥에서 살아라. 진정한 아름다움은, 지옥 끝자락의 화해火海에서야, 고통의 극치에서야 손아귀에 쥘 수 있는 것이다. 그녀를 사랑해서, 그녀를 아름다움이라 부르기로 했다. 괴로운 삶이 그녀를 갈망하기보단, 그녀가 괴로움의 원천이 되는 것이다. 그리고 내가 그녀를 포기할 때, 나는 그녀와 조우할 것이고, 아름다운 성운이 하늘을 비껴가는걸, 감상할 것이다. 그녀를 포기하는 순간이란 우리가 잠시라도 그녀를 잊을 때, 바로 지옥 같은 생활의 재기를 이뤄 낼 때 이루어지고, 그럼 나는 지옥에서 벗어남과 동시에 그녀를 얻는 것이다.

* * *

 어스레한 오후, 그대는 무섭도록 허무한 하늘 아래, 언제나 땅거미 질 무렵에 나타나 무표정으로 날 바라본다. 도저히, 완연한 밤중엔 우중충한 하늘에서 별만 따갑게 빛날 뿐이다. 아침, 햇살이 간지럼 태울 즈음, 그대는 여전히 모습을 드러내지 않는다. 설령 태양의 한가운데, 그대가 백열에 활활 타올라도 빛의 직사가 눈부실 따름이다. 만물이 선명한 대낮에 그대를 볼 수만 있다면야, 시력쯤이야 내놓을 수 있다. 손바닥이 드리운 응달에서 눈꺼풀을 찡그리고 눈가에는 눈물이 그득하다. 충혈된 안광이 태양 속 그대를 찾아 헤맨다. 그대는 태양의 광열光熱에 숨어 있는 그림자. 별천지 하늘을 총총 수놓은 별 중 하나. 어스름이 만천하를 물들여서야, 그대는 스스로를 감추지 않는다. 가슴속 서정의 감정이 달아올라, 설핏 눈을 감았다 뜨면, 그럼 그대는 나의 앞에 서 있다. 이렇게나 아름다운데 해거름이 되어서나 볼 수 있다니. 그대여, 아름다워. 태양의 잔광으로 얼룩진 낯빛이 찬란하다. 황혼이 덮인 하늘, 그대는 그 높은 곳에 쓰여 있다.

그대라는 육지에서 지르밟은 자생화, 홀씨를 흩뿌리려 시들지 못하고 산 채로 메말라 가는 통에, 자꾸만 여리게 흐느낀다. 날 일으켜 세워요. 도와줘. 아직 뿌리가 살아 있어요. 언제부턴가 목 놓아 내지르는 비명을, 그 소리 얌전히 듣고 있노라니, 어느새 난 벌써 꽃을 향해 돌아갈 채비를 하고 있다. 근데 꽃은 어디에 피어났지? 잘 모르겠다. 확실히 도처에서 신열을 앓으며 시름시름 죽어 가고 있을 텐데, 그대가 없으니 꽃에 닿을 길이 없다. 하늘에서 공명하는, 대지에서 울리는, 바다가 속삭이는 꽃의 절규를 실문하지만 도저히 그대 없이는 꽃을 찾을 수가 없다.

대지의 맨땅에 우뚝 솟아 있자니, 여명으로 파르스름하게 물든 수면 위로 날갯짓하는 습새 한 마리가 그립다. 눈물이 난다. 허여멀건 바닷물을 벌컥벌컥 들이켜고 싶은 충동에 휩싸인다. 감칠맛이 나겠지, 무척 미지근할 거야. 되도록 온몸을 적시면 좋을 텐데. 이토록 간절했던 적이 있던가? 한때 그대의 바다에서, 저만치 수평선으로부터 밀려드는 밀물에 몸을 던졌을 적에, 난 언제든지 바다가 될 수 있었고 그곳에 빠져들어 허우적댈 수 있었다. 하지만 이젠 수변 난간대에 기대어 바라보는 것 외에는, 손가락 하나 까딱할 수 없다. 그대의 바다가 아니니까. 대성통곡도, 몸부림도 시전할 필요가 없지만, 이것들보다 착잡하고 마음 졸이는… 그대를 다시 느낄 수나 있을는지. 간절히 염원하는…. 그저 허심탄회한 쓴웃음 지으며 바다로부터 등지고 걷는, 그런 씁쓸한 심정. 허무와 허망.

  그대 없이는 나의 바다 나의 육지로 이르는 통로가 없다. 그대의 바다이자 나의 육지로 통하는 길이 없다. 막막하다. 분명 거기에 놓고 온 세상은 참으로 아름다운데 말이지. 꽃아, 더 크게 울어 줘. 네 울음소리를 따라, 내가 너에게 다가설 수 있게 힘껏 울어 줘. 아! 이것이 예감이던가. 비경의 실루엣조차 엿보이지 않는 현실

속, 현실주의에 파묻힌 나는 낙토[1]라는 옛 이상향에 살았고, 그곳에 남은 자취들이 표지가 되어, 나를 무언의 흐느낌으로 이끄는 것이던가. 당장 내 앞에 펼쳐진 광활함이, 이상향의 동일 장소요, 표지이다. 이것들을 따라, 그대에게 다가서리. 오, 금방 찾아 줄게. 곧 너를 만나러 갈 거야, 아니, 지금 당장.

내 삶을 거쳐 갔던 수많은 날에, 그 속에서 휘몰아치던 찬 바람을 쫓아, 다시금 그대에게 다가서련다. 잊고 살았지. 겨울의 시림을 시작으로, 한 발짝씩 그대 곁에 다가서고 싶었으나, 어쩐지 같은 달 아래에 있는데도, 그대는 보이지 않는다. 가까스로 예감을 저버렸고, 어느덧 나는 투명한 추상이 되어 있다. 찬 바람 자체가 되어 버렸다. 온통 겨울. 슬슬 찬 기운 몰아칠 즈음의, 다시 가슴 아리는 한 철에 머물기가 두려워, 걷다가도 문득 바다가 보고 싶어지는 계절에 파묻혔다. 그렇게 3년이 지나고, 봄이 찾아왔다. 비로소 나는 해방되었다. 봄철의 따사로움이 나비 한 마리를 하늘로 날려 보냈다.

---

[1] 이 소설에서는 이상향의 추상적 개념을 대변한다. 토土라는 한자를 써 현실에서의 행복한 육지를 뜻한다.

바람에 나부끼는 나비를 보고 있으니 아차! 난 원래 바람이었지, 싶다. 다시 찬 바람이 일으키는 쓰라림을, 통증을 느낄 수 있다. 그대가 무척 그립겠지만, 초겨울에 시작되어 봄의 신록으로 끝나는 굴레는 영원히, 그대 곁에 도달하기까지 흐트러짐이 없다.

그대가 말해 주었지. 사람을 아름답게 만드는 요인이 몇 가지 있다고. 사람의 아름다움이 만천하에는 없을지언정, 나의 내부에는 아름다움이 존재하고, 그것이 어떤 사랑보다 위대하다고. 분명 우리의 관계가 무르익어 헤어짐을 앞두고 있을 때, 그대는 관계의 첫 순간, 내게 건넸던 밤알을 아직 가지고 있느냐 물었다. 그것이 너를 계절에 갇힌 시간 속에서 바람으로 만드리라, 말을 맺으며 내 손에 쥐여 준 편지. 거기엔 이렇게 적혀 있다.

한 인간이 인식하는 순간 유의미해지는 것들, 나는 이걸 예감이라 부른다. 우리가 형체 없는 꽃에 감동하는 순간, 그것은 아름다움이라는 가치를 갖는다.

그대 없는 나는 계절에 갇힌 바람이었지. 난 내가 바

람인 줄 몰랐다. 이것을 깨닫고, 난 유의미해졌다. 그대가 말한 예감을, 아, 난 예감투성이가 되었다. 이제 다시 한번, 예감을 따라 그대에게 다가서리라.

다발꽃 황매화는 그리도 아름답진 않았다. 한 송이의 정열적 풍만함이 부족했다. 나는 민들레가 더 좋다. 각박한 간호인이 외출 사유를 물을 때마다 "꽃이요"라고 대답했다. 무시로 나가는 산책이 마냥 즐겁지만은 않다. 그저 꽃의 실물을 보기 위해, 폐쇄병동 밖으로 빠져나갈 뿐이다. 그렇게 민들레에게 한껏 애정을 쏟고 돌아오면, 내 가슴에는 민들레가 피어난다.

요주의 병자가 쇠창살 넘어 산드러지게 피어난 꽃을 그린다. 기름에 절은 금발을 쓸어 넘기고, 가부좌를 겯고, 다종다양한 꽃을 데생 한다. 병자는 유려한 마지막 곡선을 쓱, 그은 다음, 창틀로 흘러넘치는 햇살에 그림을 적신다. 나는 간호인에게 저항하는 병자를 눈물겹도록 사랑했다. 그림을 빼앗기지 않으려 안간힘 쓰는 모습이, 정말이지 애처로워서 사랑했다. 병자가 휘호하는 그림, 색을 입힐 수 없던 처량한 꽃 그림도 사랑했다. 이 사랑은 세상에서 가장 아름다운, 흑연 꽃잎을 향한 애정이다. 갈변된 꽃잎을, 여리고 약해 찢어질 꽃잎을 향한 애정.

해지고 뇌랗게 빛바랜 환자복. 같은 병실을 쓰는 미소 아저씨는 손때 묻은 환자복을 갈아입는 법이 없다. 간호인이 환복을 서두르면 양쪽 귀를 박박 긁는다. 병실에서 도망치듯 빠져나가는 그녀의 뒷모습을 멀거니 눈여기곤, 어처구니없는 표변으로 내게 속삭인다.

"수의는 원래 누런빛이란다!"

나는 햇볕에 눈은 미소 아저씨의 환자복도 사랑했다. 이따금 새큼한 냄새가 병실에서 풍긴다. 나는 미소 아저씨에게 간밤의 꿈 이야기를 해 주고 싶었다. 미소 아저씨는 귀가 멀었다. 그래서 종이 한 장에 글을 끄적였다.

사단들의 축제는 맹렬한 기세로 성대해져 가요. 외사랑에 빠진 내가 씰룩씰룩 웃는 통에, 사랑이 지목하는 소녀를 납치해 쿵, 식탁에 올려요. 턱과 가슴 사이에 고정한 쇠붙이 때문에 소녀는 고개를 최대한 젖히고 있어요. 입에는 방울토마토가 가득 채워져 있고요. 소녀는 콧구멍을 벌렁거리며 눈 끝으로 희멀건 눈물을 흘려요. 사단들은 파란 불꽃으로 소녀를 굽기 시작해요. 살갗이 타면 굽기 조절에 실패한 사단들이 자기네들끼리 싸워요. 사단 한 명이 대로하여 식기로 소녀의 배때기를 쑤시면, 순대처럼 익혀진 내장이 밖으로 쏟아져요. 사단들은 말없이 식사해요. 배를 절개하면 열기에 익은 오장육부가 스팀을 일으키고, 사단들은 입맛에 맞게 내장을 골라 먹어요. 심장은 제가 먹어요. 사단들은 심장을 먹는 제 첫입을 기다리다, "영혼은 계속된다" 하며 일제히 합창해요. 비로소 소녀를 가졌다는 의미래요. 몽매간에선 육체의 심부를 맛본 제 우월 의식이 식인에 대한 염오증을 억눌렀어요. 소녀의 활기를 먹는 제게 소녀는 낭탁으로 들어와요. 이를 관찰한 사단들은 증인이 되어 소녀의 소유권이 제게 있음을 묵인해요. 소녀의 죽음에 대한 애상적인 슬픔은 추호도 느껴지지 않아요.

 미소 아저씨는 글을 읽더니 웃음기를 머금었다. 나는 행복에 겨워 미소 아저씨의 품에 와락 안겼다. 밤이 되자 고라니 울음소리가 산에서 게슴츠레하게 울려 퍼지고, 사위가 고요함을 되찾을 무렵 미소 아저씨는 간호인 일동에게 끌려갔다. 그들이 내 간밤의 꿈이 담긴 수기를 읽은 듯싶다. 열띤 어조로 미소 아저씨를 추궁한다. 내가 쓴 것이라고 둘 중 누구도 밝히지 않았다. 다시는 미소 아저씨를 보지 못할까, 울음이 터져 나왔다.

　수선화가 눈부시게 피어 있는 절벽 위 평원, 그 가장자리에 둘린 울짱 너머로 광활하게 펼쳐진 창공과 산 그리고 황혼이 투영되어 만추의 벼처럼 타오른 아저씨의 얼굴. 나는 평원 가장자리 벤치에 앉아 저만치 하늘의 끝을 응시하는 아저씨의 옆모습을 본다. 미소 아저씨! 불러 보아도, 먼발치에서 바라다본 아저씨는 머리가 밀린 채, 정면으로 고정한 시선을 거두지 않는다. 서산으로 저무는 노을이 웅숭깊게 예쁘다. 창살 사이로, 머나먼 경치를 내다보는, 꽃을 감상하는 병자도 보인다. 안녕! 나는 그들에게 작별 인사를 건넸다.

　퇴원하니 가을. 계절이 바뀐 줄 알았지만 해가 넘어가 있다. 차 뒷좌석에 앉아 물끄러미 차창 밖을 내다보는데, 어머니의 입속말이 귓전에서 맴돈다. 올해는 무탈하게, 올해는 무탈하게. 나지막이 속삭이신다.

차례

서설   ∘4

이상향   ∘20

봄꿈의 향수   ∘157

「 이상향 」

겨울에 쓴 수기

 천사의 하프 소리처럼 부드러운 울림을 듣기엔 아무래도 글렀습니다. 천사의 손놀림이 직조한 아름다운 소리를 실문할 가능성에 앞서, '천인을 경원하긴 하는가? 신의하긴 하는가?'라는 자문을 먼저 해 봤습니다만, 전부 허상의 대답에 가까웠습니다. 가까웠다? 그럼 아예 허상이란 말은 아니지 않습니까? 되레 자문해 봐도 가까웠다는 표현조차, 고귀한 것에 대한 일종의 배려, 대다수가 귀의한 하늘에 준한 죄책감 때문이었습니다. 저는 하늘에 계신 신께 오히려 증오의 감정만 큽니다. 성서에는 제물이란 명분으로 힘없는 육축을 하늘에 바치는 대속물이며 번제가 숱하게 보이는데, 저는 참으로 그 대상對象들이 가엾습니다. 하늘은 오히려 살육의 화신과 엇비슷합니다. 생명을 하잘것없이 다루고 아담과 하와가 자기들의 부끄러운 곳을 무화과 잎으로 가리려 들 때, 하늘은 동물을 죽여 그곳을 가려 주었습니다. 하물며 가인의 후손과 통혼하지 말라고 하였건만 통혼이 일어나자 사람이며 모든 생물을 쓸어 버렸습니다. 노아가 방주에서 나와 제물을 불태울 때 올라가는 향기를 맡으시고 왜 모든 생명과 보존 언약을 맺으셨는지, 묻고 싶습니다. 창세기 때의 무자비한 학살을 자신의 속량으로 퉁치려는 것인지, 묻고 싶습니다. 야훼의 종. 어린양의 희생. "하늘은 많은 사람을 대신해서 속전으로 목숨을 내어준다"라는 말은 도무지 가당치가 않습니다. 하늘께서 십자가로 끌려가며 온갖 굴욕을 받았지만 묵언을 일관한 광경은 도살장으로 끌려가 가만히 털이 밀리는 어미 양을 연상시킵니다. 이 때문에 어린양은 해방절이 되면 도축되고 성전 구내에서 피를 흘립니다. 하늘이 초래한 죄악인 겁니다. 도대체 이사야서의 말씀이 그 시대의 유대인 해방절 관행을, 왜, 그들로 하여금 상기시켜 어린양을 죽이게끔 하는지, 알 길이 없습니다. 하늘의 종인 인간이 땅의 생명을 보존하려는 하늘의 뜻을 알면서도 어린양을 도축하고 비인도

「이상향」 21

적인 살생을 일삼는지, 또한 그러하면서 과연 장의자에 앉아 목사의 말에 귀 기울이고 하늘을 칭송하는지, 의심이 듭니다. 하늘을 그만치 맹신한다면 까딱하다 교회 장내에서 어린 양을 죽이기라도 할 텐데, 이런 경우는 또 나라별로 다르겠지요. 하늘의 종교는 과히 아리송합니다. 저는 단지 죽어 가는 생명들을 동정합니다.

  이 수기를 쓰고 난 이튿날, 기르던 뱀이 죽었다. 평소 불꽃 같은 혀를 날름거리는 모습이 퍽 사랑스러워 무척 애정을 쏟았었는데, 죽고 말았다. 사육장으로 스며든 달빛이 뱀의 살가죽을 비춰, 비늘에선 매끈한 윤광이 흐른다. 무골충같이 하느작대던 뱀의 잔영은 사후 경직된 몸체로부터 연한 율동감을 상기시켜, 실로 생사 여부에 혼동을 준다. 사체가 부패를 시작해도 가죽 위의 반사광이 반득일 것만 같다. 한편으론 본체에서 잘려 나간 거스러미처럼, 뱀한테선 이제 삶의 주체가 없는 기운이 피어났다. 뱀에게 무관심한 지도 반나절이 지났으므로 언제 죽었는지 알 턱이 없다. 부모 형제 할 거 없이 뱀을 사육한다는 나를 나무랐었다. 이제는 단속이 만홀해 뱀이 죽었느니, 하는 식의 핀잔을 늘어놓을 게 훤했다. 슬픔은 수습의 후방에 두고, 우선 방싯 열린 방문을 슬그머니 닫을 필요가 있다. 그래서 뱀에게 신경을 집중할 수 있게 되면, 이 죽은 생명에게 송구스러운 마음가짐으로 참회의 기도를 올릴 수 있을 거다.

바라보는 뱀의 눈이 찬란히 타오른다. 아리땁게 반짝인다. 두 눈엔 저주의 생기가 담겨 있다. 뱀을 죽이면 저주에 휩싸인다는 속설은 예기치 않게 실현될 우연성을 내포하고 있다. 예컨대 땅거죽을 기는 뱀을 본의 아니게 죽인다 치면, 그것이 의식하에서 뱀을 죽였을 때보다 속설에 대한 위기감을 극명히 하는 것이다. 나는 내 의식 밖에서 죽은 뱀의 저주가 용솟음치는 것을 통감한다. 주인의 무의식 속에서 죽은 생명의 힘은 엄청나서, 서서히 죽어 간 뱀의 인과적 경위는 인제야 죽음을 직시한 내게 집성으로 닥친다. 갑작스러운 뱀의 죽음은 나의 무념 속에서 진행되었고, 이러한 우발성에 대한 자인이 속설을 짐짓 신뢰하도록 만드는 구실을 했다. (재앙적 우연의 발견은 초유初有로부터의 첫 인상, 그러니까 참황을 마주함과 동시에 여차함을 사변적으

「이상향」 23

로 시인하여, 발견을 목도로 정정한다. 재앙적 감상은 어떠한 와중에서 발견할 수 없고, 모종의 나쁜 사정으로 완성된 서글픈 결과의 양태이며, 우리는 미리 혹은 한참 전에 형성된 재앙의 덩이를 유위전변적으로 발견하는 것이 아닌 목도, 즉 찾아내는 것이다. 우린 재앙적 발견으로부터 우발적으로 조우하고, 발견한 그것에 감상적인 평론을 남기는 것이 아닌, 결과론적으로 완전무결한 그것의 완성형을 개념적으로 인정할 뿐이다.) 예컨대, 도축업자가 아닌 이상 가축을 우발적으로 죽이는 경우는 극히 드물다. 그래서 때론 몸집이 크거나 멸종이 목전에 있는 생명보다 손쉽고 공교로이 죽일 수 있는 생명에 대한 양심적 불안이 크곤 하다. 한 인간의 자유의지에는 죽이거나 죽일 수 없는 생명을 분간하는 힘이 있으므로.

한 인간은 간단히 죽일 수 있는 범주의 살생이 도축업자(숱하게 살생하는)의 자비, 그러니까 구태여 살생할 까닭이 없으며, 어여쁜 생명에 대한 존엄과 가치를 필히 유념하는 그들의 윤리와 극명히 대조된다는 걸 지각한다. 불필요한 살생은, 무구한 생명을 향한 무관용이요, 징벌이다. 이에 의거하여 도축업자의 비살생은 살생이란 표식이 있는 그들에게 관용의 상징성을 부여한다.

생명은 획일적으로 자연의 산물이지만, 그 가치는 크기와 가짓수에 상관없이 비슷하다. 만물의 영장이 지닌 가치에 준한다면, 타인을 본의 아니게 살해한다 쳐도, 자신이 기른 뱀을 한만하게 죽였을 때보다 덜 뉘우칠 수도 있는 것이다. 하여간 살생에 대한 불길함이 내 인생길을 훼방 놓을 거라는 두려움이 엄습할 즈음, 나는 뱀의 사체를 두 손에 떠받혀 곰곰이 눈여겨보았다. 입가에 덕지덕지 묻은 바닥재니 말려들어 간 꼬리가 죽음을 대변하기라도 하듯 역력한 죽음을 표상하고 있다. 나는 죽은 생명체 앞에서 몹시 엄숙해졌다. 뱀의 입가를 말끔히 해 주려 방 한편으로 다가가 개킨 가제 손수건을 펴고, 남은 손으론 뱀의 머리를 잡은 채 톱밥 하나하나를 섬세하게 털어냈다.

몸체가 지면으로 축 늘어진, 뱀의 작은 머리를 깔끔히 하는 건 상당히 난도 있는 작업이었다. 입안부터 목구멍이 시작되는 부분까지 톱밥이 가득 메어 있어 마지막 입자를 떼어 낼 땐 마른 혀가 길게 늘여 나왔다. 그건 어류의 혀에 기생하는 키모토아 엑시구아처럼 본신에 더부살이하는 날벌레 같다. 피부 털이 빳빳하게 곤두섰다. 뱀을 되는대로 팽개치지 않을 수 없었지만 몸소름이 가시고 나선 죽어 있어서 다행인 양 안도감이 밀려왔다. 필경 숨이 붙은 생명보다 죽은 사체에 겸허한 태도를 보여야 하거늘. 뱀의 사체를 함부로 취급한 것에 대한 감상적인 자책과 그 뒤에 밀려오는 죄의식은 전부 하늘의 감시하에서 움텄다. 사체는 소름끼치도록 생명의 육감적인 울림을 띠며 벽면에 부딪혀 바닥으로 떨어졌고, 머리카락이 엉킨 듯 꼬여 버려 남우세를 받아야 할 법한 비웃음거리로, 억울하게 죽은 피지배자의 싸늘한 인상이다. 요절한 막냇동생을 천연 흉내 내기라도 하듯 말이다. 나는 얼마간 자신의 부주의로 죽은 이, 혹은 생명을 떠올렸다.

언젠가, 주방에 기어든 쥐를 짓밟는 장사꾼을 본 적이 있다. 아무렇게나 나뒹구는 걸 거뒀는데, 쥐는 외양으로 표는 나지 않았지만 내장이 터져 버린 거 같았다. 단말마의 몸부림을 치다 꽥, 하고 죽었기 때문이다. 당시, 나는 간이 사육장을 꾸미고 있는 터라 쥐의 죽음엔 무감했다. 한참 뒤 작은 사육장을 들고 방으로 돌아왔을 때에야, 구더기가 쥐의 뱃가죽을 뚫고 속살에 기어들어 득실대는 걸 보았다. 나는 때때로 생명의 구원자 놀이를 하면서도 정작 회복에는 그다지 심열을 기울이지 않은 것이다. 모래 한 줌 뜨듯 손날을 맞대고 뱀을 양 손바닥 위에 두었다. 살아 있던 때보다 더 조심스럽게 다뤄야 할 사체를 내동댕이친 탓에, 나의 양심적 불안은 죽은 사유를 천착하는 데에 골몰하길 요했다. 하물며 명맥이 끊겨 생식 활동이 멈춘 생명체의 부활에 관해서는, 그저 죽음을 빠르게 시인하고 합장하는 수밖에는 도리가 없다. 물론 뱀이 죽어 버린 원인에 대한 얄팍한 사유를 완전히 체념으로 덮어 버린 건 아니다. 처음 입양한 날로부터 삼 개월간 먹이 활동을 못하는 뱀의 입을 억지로 벌려, 새끼 쥐를 주입한 경험으로 미루어 보아, 마지막 급여 날로부터 이 개월이 안 된 시점에 죽어 버렸으니, 확실히 굶주림은 아니다. 혹시 추위인가? 뱀은 극강의 추위를 견디지 못한다고, 가십난에서 본 기억이 있다. 여느 동물보다 온도에 민감하고 예민한 피부 때문에 기온에 생사가 좌우되는 파충류라고. 하지만 이 또한 조성된 뱀의 사육 환경을 보자면 죽은 이유가 될 수 없다. 사육장 밑에는 고온의 전기매트가 널찍이 깔려있다. 그렇다면, 이건 분명 하늘의 장난이다. 이틀 전 하늘을 욕보인 수기 때문에, 고작 그것으로 인해 뱀이 죽은 거다. 나는 아까 전 하늘의 눈치를 본 것이 반항심과 회한의 감정으로 재탄생한 것을 느꼈다. 그러나 하늘에 대한 불평과 비난이 빼곡한 수기를 보존하면 이것에 대한 일종의 징벌이 다시금 닥칠까, 공책에서 따로 찢어 내 뱀을 감싸고 밖으로 외출했다.

영월의 밤은 열 발짝밖에 떨어지지 않은 물체조차 판별할 수 없을 만치 어둡고 차다. 나는 묵직하게 솟아난 오로산이 아가리를 벌리고 있는 걸 본다. 시커먼 초입을, 세상의 오만 어둠을 졸여 놓은 그 산중을 본다. 골짜기를 훑고 고원을 타 넘은 재넘이가 산의 입구로 쏟아져 나와 이윽고 하늘로 솟구쳐 메아리친다. 외등 하나 없이 깜깜한 고월孤月의 밤이다. 정녕 십 미터 안팎을 걷더라도 영속의 걸음을 하는 기분이 든다. 나는 수령 사백 년은 더 된 은행나무를 향해 산길을, 험준한 오르막을 탔다. 가을이면 샛노랗게 물든 은행잎을 간들간들 떨구는 은행나무 오른편엔 외양간이 있고, 산길의 막바지에 다다르면 대가람의 문호가 보인다. 은행나무와 대가람 중간에는 신원이 수상쩍은 매사냥꾼이 살고 있는데, 그자의 집을 지나치게 되면 문전에서 갈까마귀 박제본을 볼 수 있다.

밤마다 소 울음소리가 밤하늘을 울리는 산이었다. 각도에 따라 소의 귀표가 옅은 광택을 번뜩인다. 이곳에선 자연적으로 빛을 내는 발광체가 삼라하게 눈에 띈다. 소의 귀에 찍힌 귀표조차 월색의 반사로 반짝이고 특히나 하늘을 우러러보면 은하수가 매일없이 흐르고 있어 산뜻하다. 나는 은행나무 밑에 뱀을 묻을 생각이다.

은행나무 앞에 이르자 밤하늘을 배경으로 가지들의 윤곽이 희끄무레하게 나타났다. 가지들은 지면으로 처

짐 없이 모두 위를 향해 뻗어 있다. 기세 좋게 하늘을 향한 가지들엔 잎사귀가 붙어 있지 않았지만 그래도 멋들어지게 치솟아 있어 보기에 좋다. 향내도 풍겨 온다. 나는 은행나무에 붙은 전설 하나를 떠올렸다. 태초에 대가람에서 공양을 드리는 스님들이 동자승과 동행하여 나무에 오색 띠를 묶자 다음 날이 돼서 잎이 모두 시들었다는 내용이다. 그 뒤로부터 이쪽 스님들은 자연의 원상에 인간의 것을 덧대면 산이 운다고 믿었다. 그래서 시의에 맞지 않게 시드는 은행나무 잎을 보면 사찰에선 제사를 치렀다. 금년 가을 초순에는 아직도 제사를 거행하는 모양으로, 창턱에서 가을바람을 쐬고 있으면 토종 악기들의 날카로운 가락 소리가 들렸다. 나는 은행나무를 올려보다 움츠리고 앉아, 쥐기 간편한 크기의 돌 하나를 주워 들었다.

 막상 구덩이를 파자 꺼림직한 감회로, 저항적 반의의 내리막으로 어김없이 굴러떨어졌다. 흙먼지를 털어 내고 앞을 보니 막내가 뇌수를 흘리고 있다. 뒤집어 깐 눈. 땅을 파는 몸짓이 그날 동생의 관이 자리할 구덩이를 파는 일꾼들의 몸동작을 연상시켜, 일찍이 삶을 하직한 막냇동생이 떠오르는 바람에 아, 낮게 부르짖었다. 난데없이 종이로 감싼 뱀에게 시선을 던지자 막내가 모탤를 뒤집어쓴 광경이 어렴풋이 그려졌고, 부모의 핀잔을 흘려들으며 딴청 피우는 아이처럼, 짐짓 두 팔을 허공에 휘저으며, 죽음의 원형에서 무소용한 탄원을 호소하는 동생의 아우성을 들었다. 가슴엔 얼마간의 슬픔이 차오르고 뇌리에선 기억의 역행이 이루어졌다. 나의 육체는 뭐라도 하지 않고서는 못 배겼다. 애정이 가신 빈자리에는 회의감이 자리 잡는 법이며 사람은 죄책감 때문에 눈물을 흘리는 법이 없다. 나는 동생의 부재로 솟아오른 감정을 부정하며, 묵직한 돌을 주워 들고 땅거죽을 문댔다. 자신의 과오로 생을 마감한, 애꿎은 생명을 보내 주는 겸허한 심경으로 허청거렸다.

막내는 납골당에 안치되어 있다가 잔디장으로 이장되었다. 나는 매년 돌아오는 성묘를 강경히 거부했다. 막냇동생의 죽음에는 나의 과실이 농후했다. 장례 날, 부모님이 날 얼싸안고 "네가 죽인 게 아니야"라는 둥의 위로를 전했다 한들 이건 탓할 나위가 없다. 난 동생과 영원히 재회할 수 없다.

유년 시절, 황홀한 꿈 두 편을 꾸었다. 그중 하나는 거대한 인어가 수중에 고정된 채 지느러미를 흐트러뜨리는 화려한 꿈이었으며, 나머지 하나는 내 인생에서 지금껏 기억되는 역대의 영묘한 꿈이다. 나는 이름 모를 산등성이에 묵연히 서서, 막 하늘에 떠오른 남자 여럿을 보았다. 그들은 어림짐작으로 두 칸가량 되어 보이는 휴지를 손아귀에 쥐고 있었다. 휴지가 펄럭이는 리듬이 하나같이 단조로웠다. 나는 물었다.

"무엇이 당신들을 날게 해 줬나요?"

남자들은 아무런 대답도 하지 않은 채 산등성에 놓인 휴지를 손가락으로 가리킬 뿐이었다.

"휴지가 당신들을 날게 해 주었나요?"

역시 남자들에게서 돌아오는 대답은 없었다. 난 휴지가 놓인 쪽을 망연히 바라보다 그쪽으로 가서 휴지 두어 칸을 찢었다. 그리고 튀듯이 점프했다. 그럼 하늘을 날 수 있게 되는 것이었다. 어미 새의 꽁무니를 쫓는 새

끼 새처럼, 그들과 대열을 맞춰 하늘을 비행했다. 꿈일지언정 공기를 가르며 앞으로 나아가는 실감이 또렷했다. 까마득한 지상엔 우후죽순처럼 민가가 솟아나 있고, 마을 가장자리는 바다와 접경하고 있었다.

달이 활짝 밝아 있어 그림자가 형성되는 탓에 휴월休月일 때보다도 땅 구멍이 검게 보인다. 겨울이라 찬기가 스러지기도 하고, 어쩌다 바람이 멎어 시림이 완전히 가시기도 한다. 단속적으로 불어오는 강추위가 내 뺨을 어르고 비껴갔을 때서야 막냇동생 생각을 떨쳐 냈다. 얼마간 웅크린 자세로 있어 몸이 몹시 뻐근했다. 겨울임에도 질은 흙이 거뭇하게 묻어난 손바닥이 얼얼했다. 이 두 손 때문에 동생이 죽었다는 지난 비극에 지금 이 순간의 현장감이 불붙어 갔다. 초에서 사라져 간 잔상이 다시 심지에서 활활 타오르듯, 동생이 생환해 거침없이 살아가는 망상에 허무가 얽혀, 손가락 하나 까딱할 수 없도록 마음이 졸아들었다. 한 걸음 몸을 옮겨 본댔자, 몸을 놀려 내달려 봤자 죽음에 대한 실감은 내 심중에 있다. 나는 마음을 먼 데 두고 기차게 삶을 살아가야 했지만, 거듭된 생명의 죽음 앞에서 참을 수 없을 만큼 쓸쓸해졌다. 뱀의 사死를 일단락하려는 몸가짐이 왠지 자기 손으로 죽인 동생을 암매장하고 영원히 극비리에 두려는 것처럼 느껴져, 엄청난 무력감이 복장을 짓눌렀다.

하늘을 날다 잠에서 깨었을 때, 제일 먼저 추락할 위기에 처한 감각으로 몸을 놀렸지만 나는 반듯하게 개킨 이부자리에 올곧이 누워 있었다. 육체가 서서히 실세계의 기운을 받고 생기발랄한 감각을 되찾았다. 환멸감으로 신열을 앓으며 꿈의 세상으로 돌아가려 발버둥 쳤지만, 눈을 꾹 감는다 한들, 온몸 구석구석을 찌르는 염증과 권태로움이 꿈으로의 회귀를 방해했다. 그러나 하늘을 비행하는 방식은 생생히 기억하는 터라, 소위 비행법이라 하는 공식을 남몰래 종이에 써 놓기는 했다. 서투른 필체로 다음과 같이 써넣었다.

휴지 두 칸, 눈을 감고 점프한다. 그럼 하늘을 난다.

이 비문은 책장에 정연하게 꽂힌 동화책들 중, 내가

가장 애장하는 책의 갈피에 끼워졌다. 동화책은 책장 머리에 올렸다. 막냇동생의 키가 닿지 않을뿐더러 부모님도 그곳엔 눈길조차 던지지 않으니 나의 비밀은 보장된 셈이었다. 나는 어떤 공적이며 비밀스러운 거사 하나를 흔적 없이 해결한 기분으로 방문턱을 넘고 거실 탁자에 놓인 휴지를 냉큼 뜯었다. 그 자리에서, 점프했다. 거실 한편에 놓인, 장거울에 비친 모습은 꼭 점프하는 돌고래를 거꾸로 세워 놓은 모습처럼, 고개를 치켜올려 목젖이 드러나고 허리도 활처럼 굴절하여 휘었다. 그런 나를 엿보는 동생의 눈빛은 읽을 수 없었다. 동심의 환상을 완연한 현실의 장면으로 간주하는 나이였기 때문에, 당시 나의 주의력은 다른 사물에 신경 쓸 겨를이 없었다.

 도무지가 하늘을 날 수 없게 되자, 나는 비문을 한 차례 더 검토하려 들었다. 광분한 개처럼 종횡무진 방문턱을 넘어서고, 책장을 팔랑팔랑 넘겼다. 그러나 비문의 종이가 제자리에 없었다. 그 단시간 내에 막내 녀석이 비문을 훔쳐 간 거다! 나는 여지없이 막냇동생을 범인으로 지목했으며, 비문을 해석한 동생의 기억을 송

두리째 뽑아내지 않고서야, 나만의 비밀이 탄로 난 기분을 하루 동안, 아니 앞날에도 가져가야 할 판국이었다. 비법을 독차지하려는 지배욕은 동생과 나란히 비행할 바엔 애당초 꿈을 꾸지 않았던 몇 시간 전으로 돌아가길 요했다. 나는 흥분감에 몹시 사로잡혔다. 당시 육층이었던 아파트 계단을 황망히 내려갔다. 지상에 이르러서야 사라진 동생이 벌써 멀리 도망친 게 아닌가 싶어 불안감으로 전전긍긍하던 즈음, 내 판단은 다시금 집 안으로 스스로를 이끌었다. 때마침, 정체 모를 물체가 엄청난 파괴음을 내며 하늘에서 지상으로 떨어졌다. 그건 순고한 어린아이의 머리뼈가 박살 나는 영적인 울림을 띠었다. 붉은 잉크 같은 피가 땅거죽 위로 흥건해지기까지, 나는 꼿꼿이 서서, 마치 성장기에 키를 재려는 아이처럼 얌전히 직립한 자세로, 아무것도 할 수 없었다. 이내 어른들이 하나둘씩 모여들었고, 뒤늦게 부모님도 일터에서 거의 날아오다시피 하셨다. 동생의 피는 보혈 같은 진한 인상으로, 피비린내를 풍기는 것만 같았다.

뱀을 묻고 돌아가는 길에 벌써 십이 년도 더 된 사건에 골몰해 표백이 도는 얼굴을 손으로 비비댔다. 추운 날씨에 몸이 굳었고 머릿속 또한 막내 생각으로 얼룩져, 부모님이 내 흉금을 거둬 볼 수 있는 최적의 몸가짐으로 귀가했다. 부모님은 내게 아무 말도 붙이지 않았다. 난 방문을 걸어 잠그고 이불 속에 몸을 묻었다. 죄악은 무관심 속에서 피어난다고 했던가. 부모님도 내게 던지는 무신경이 내심 불편하실 거다. 하지만 용서받을 수 없는 잘못을 저지른 나를 포용하는 아량은 그게 신이더라도 지니지 못한다. 머리를 텅 비우고 눈을 감았지만 감정의 부산물이라고나 할까, 이런저런 불편한 감정이 화산재처럼 심장에 내려앉아 어쩐지 가슴이 무거웠다. 뱀의 빈자리가 크게 느껴졌다. 사실, 뱀의 죽음은 나를 슬피 만들진 못했지만 퍼붓고 싶어도 그럴 수 없는 애정의 잔류가 찌꺼기처럼 남아 심중을 옥죄었다.

새벽의 어슴푸레한 여명이 비칠 때 겨우 풋잠에 들고 그날 해거름이 되어서야 깨어났다. 누운 채 박하사탕을 입에 물었다. 단물로 입가심하고 그것을 금방 뱉은 다음 잠자리에서 튀듯 일어났다. 시내에 나가기 위해 단정한 옷차림을 갖추었다. 거기에서 저녁 약속이 잡혀 있었다. 스탠드바 사장과 우리 고장에 며칠간 거류하는 무명작가와의 만남이었는데, 민머리 술집 사장과는 스스럼없이 가까운 사이였지만 작가와의 상봉이 이루어지기 전까진 서로가 문학에 관심을 둔지는 몰랐다. 나는 종종 호프집이 양옆으로 늘어선 좁은 거리를 지나, 흐르는 개울을 사이한 가정집들을 지나, 고양이가 많은 공터를 지나, 호객 행위를 하는 한 쌍의 남녀가 시종 묵새기고 있는 거리의 스탠드바에 앉아, 사장과 당찬 세상 이야기를 주고받곤 한 것이다. 늘 변함없는 이 고장은 생신한 변화에 민감한 교외이다. 고루한 타성에 젖은 노인이 이제 자신의 고토를 회상으로만 그려 볼 수 있는 것처럼, 이곳은 아집 강한 노인의 추억 세계처럼 케케묵어 도통 변천을 맞아들이지 못한다.

거리에선 손님을 유치하는 젊은 남녀가 수상쩍은 행색을 한 걸인의 발등을 짓밟고 있다. 나는 망설이다 그리로 다가가 무슨 일이냐고 물었다. 걸인은 필사적으로 내 다리를 부둥켜안고 늘어졌다. 남녀는 노인더러 모독적인 욕설을 퍼부으며 심한 발질을 했는데, 상황은 이미 걷잡을 수 없는 모양이었다. 남자 호객꾼은 걸인이 시시때때로 자기네 가게 앞에서 팬티를 내리고 억지로 토를 한다고 일러 주었다. 나는 치매 노인을 그냥 내버려 달라고 부탁했다. 그러나 남녀는 오늘이야말로 구한을 풀고 이 병통을 뿌리째 뽑겠다며 고함을 내질렀다. 남자는 걸인의 머리끄덩이를 우그려잡고 턱을 걷어찼다. 내 합류 때문에 남녀가 우쭐해져, 노인에게 가하는 거드름이 심해진 거 같아, 얼른 자리를 피했다. 이 고장으로 처음 전출 왔을 무렵, 무작정 거닐다 때마침 동배처럼 보이는 남녀에게 좋은 술집을 추천해 달라 한 적이 있다. 그들은 자신들이 영업하는 대폿집으로 나를 안내했다. 그 이후로부터 종종 눈인사를 주고받는 사이가 됐다. 아무튼, 그날따라 유난히 비취처럼 빛나는 가로등의 불빛을 받으며 거리를 걷다, 낡은 상가로 들어갔다. 스탠드바의 해묵은 나무문을 슬며시 열어젖혔다. 벌써부터 와 있는 작가의 말이 시작되고 있는 참이었다.

"그럼, 이제! 독자는 작품 속에 살고 작가는 자신만의 목가적인 삶이 있는 걸로 합시다. 독자가 한 작품에 완전히 매료되어 있을 때, 작가들은 체험을 위한 순례를 떠나고, 우린 이것에 등가의 이분법적 정반합이라는 이름을 붙입시다."

작가는 말을 맺고 스트레이트 잔을 목으로 넘겼다. 사장은 피둥피둥 살찐 목살을 더듬거리며 수긍하듯 고개를 끄덕였다. 내가 헛기침을 했을 때에야 그들은 나의 방문을 알아차렸다.

"왔어요? 우린 좀 일찍 만났습니다."

작가가 말했다.

"대화가 벌써 농익었네요. 초반부를 놓친 게 아쉬운데요."

"나는 두어 잔 정도 마셨으니까, 이 횟수만큼 속도 내서 드세요. 그럼 대화의 템포를 따라잡을 수 있습니다."

작가는 일어나서 내 팔을 억지로 끌어당겼다. 나는 도착 전에 구입한, 반숙 계란 여섯 알이 든 봉투를 겨우 바 테이블 위에 올려놨다. 춘의春意같이 부드러운 배려

속에서 진행되는 당장의 정황이 마음에 들었다. 이런 친근함에 적정하게도 사장은 내게 어떤 술을 마실 거냐 물었고, 난 작가와 같은 술로 달라고 대답한 뒤 뿌듯한 기분에 사로잡혔다. 작가는 내 외투를 받아 구석 의자 등받이에 친히 걸어 주었다. 사장은 미도리 양주를 현란한 솜씨로 졸졸 따랐다. 작가는 자리에 도로 앉자마자, 팔꿈치를 테이블에 붙인 손으로 담배를 피웠다. 사장은 내 앞에 술잔을 내놓고 술병을 봉한 뒤 반숙 계란의 포장을 끌렀다. 그러더니 그것을 반으로 토막 내고 빛깔이 좋은 샐러드와 버무려 우리 앞에 대령했다. 뒤늦게 튀김기에서 건져 올린 감자도 접시에 곁들였다. 사장의 분주함에 작가는 말머리를 어찌 뗄 줄 모른 채 곤란에 빠진 기색으로 담뱃갑을 만지작거렸다.

"하던 얘기를 마저 해 주세요."

난 사장의 일손에서 시선을 떼고 작가를 보며 말했다.

"헤겔주의적으로 문학에 대해 대화하고 있었습니다. 이야기의 흐름이 좋았건만, 당신이 끼어드는 바람에 무르익었던 환희가 시들어 버렸습니다. 애석하게도 당신을 자극할 만한 얘기는 할 수 없겠지요."

사장이 자기가 헤겔주의를 모르고 있었으나, 작가가 대충 요약해서 변증법의 논리를 가르쳐 주었다며 좋아했다. 그리고 작가의 달변은 환상처럼, 그저 듣기만 해도 소설을 읽고 있는 기분이 든다고 말했다.

"당겨 놓은 화살을 돌릴 수는 없다고들 합니다. 우리가 기꺼이 문학적 이야기에 지반을 마련하려면 제게는 새로운 화살이 필요합니다. 조금 전 활시위를 당겼다가 당신이란 바람에 휘청여 그것을 놓아 버렸고 화살이 엉뚱한, 결론의 정반대로 날아가 버렸습니다. 새 화살을 마련하기 위해서는 다시 이야기에 대한 만반의 준비가 필요합니다."

나는 작가에게 그 화살이 어디로 사라져 버렸는지 물었다.

"대화의 끝자락에는 총체적인 결론이 있지만, 저희는 변증법의 완결을 맛보다 말았습니다. 그러니까 화살은 알 수 없는 세계로 날아가 버려 다시는 찾을 수 없습니다. 이 화살에 대한 동경은 이따가 다시 얘기를 꺼내지요. 그리고 나는 말입니다, 문인으로서 아직은 무게가 가볍습니다. 제가 꿈꾸는 문학가의 대서사적인 삶이란, 사실 아무것도 아니지만…."

그는 깊은 한숨을 내쉬며 숨을 헐떡였다. 작가는 자신이 골초라 숨이 차올랐고, 그래서 말끝을 늘어뜨렸다며 쓴웃음을 지었다. 나는 '작가는 역작을 쓰거나 졸작을 써내거나 둘 중 하나이다. 그리고 당신의 작품은 높은 평가를 받지 않느냐'고 그를 북돋웠다. 단지 돈을 벌고 못 벌고의 차이라는 부연도 덧붙였다.

"이류 출판사 편집자의 검열을 통과하는 것마저 제겐 힘들었습니다. 그래서 자비를 들여 출판했는데, 기획에서 불리하니까 좋은 성과는 힘들었어요. 작가들이 오롯이 인세로만 먹고살 수 있다면 그 사람의 금력이 작품성을 방증해 주고 있다고 미루어 보아도 무방합니다."

말을 맺곤 자신의 텅 빈 지갑을 열어 보여 주었다.

저용이 엿보였던 작가가 의외로 의기소침해 놀라웠다. 작가는 다소곳하게 앉아 어떤 허망함에 휩싸인 낯빛을 내비쳤다. 그의 자굴이 나로 하여금 의외의 놀라움을 심어 주었다. 작가의 옆얼굴을 지긋이 바라봤지만 그는 어떤 이유에서인지 몸동작을 동결한 채 얌전히 술잔을 어루만졌다. 좌중에 있는 세 사람이 문학의 문외한이라면 몰라도, 그것에 관한 견식이 있었기에, 무명작가는 출세하지 못한 작품이 암묵적으로 부끄러워지는 것이었다. 난 대담하지 못하다. 그에게 '풀이 죽어 있으면 자리가 재미없게 돼 버리지 않느냐!' 하고 소리치고 싶었다. 하지만 난 노골적인 한마디의 외침보다 더욱 바보같이 속마음을 들켜 버렸다. 본격적인 대화에 시동을 걸기 위해 자꾸 작가의 의중을 떠 보자 작가는 내게, "당신의 조급함을 억제하기 위해 필요한 건 낚시에서의 기다림과는 다릅니다. 마냥 기다려봤자 대어를 낚지 못해요. 우리가 정말 알차고 재미난 이야기를 시작하고 싶다면, 그저 당신이 여자 이야기를 시작하면 되는 겁니다" 하고 말하는 것이었다. 사장은 작가의 말을 듣고 거의 자지러지게 박장대소했다. 뭔가 이 두 사람이 나를 농간하고 있다 여겨져, 치욕스러웠다. 작가는 불미가 서린 내 안색을 읽고 농을 던진 거라며 잔을 내밀었다. 그래서 내 기분은 다시금 원상 복구 됐다. 그러나 작가는 난사의 여수旅愁로 시름겨워하는 몽상가처럼, 공적功績의 대지로부터 멀리 떨어져 있는 자신의 모습을, 실패한 형국을 물끄러미 지켜보고 있는 것처럼 다시금 외따롭게 조용했다. 작가는 깊고 중대한 고민에 잠겼으며 그런 진중한 모습이 말수를 죽인 명분이 되어, 당사자를 제외한 모두가 그의 침묵에 동조했다. 나는 작가에게 어젯밤 죽은 뱀 이야기를 꺼내려다 말았다. 그렇지만 뱀을 죽이면 망조가 낀다는 속설에 떨고 있었거니와 무속인처럼 초탈적인 예지를 겸비한 작가들이, 대개 이런 미신에 달관해 있다는 사실을 언급하며 나직이 말머리를 뗐다.

"뱀을 죽이면 불경한 저주에 휩싸이겠지요. 저는 임산부가 집 안으로 기어든 뱀을 죽였다가 유산했다는 소문을 접한 적이 있습니다. 확실히, 뱀을 죽인다면 아무래도 걱정을 안 할 수가 없겠지요."

작가는 코끼리처럼 가는 실눈을 뜨고, 딴청 피우는 형색으로 뱀을 죽였느냐 물었다. 나는 그렇다고 대답했다. 작가는 뱀이 예수의 대적자이며 이것이 쉽게 넘어갈 문제가 아니라고 전전했다.

"안 좋은 변조가 미구에 닥칠 겁니다. 자꾸 걱정할수록 재앙이 실감되는데, 마음이 불편하겠죠. 여기서의 불안감은 에멜무지로 하는 망념이랑은 다릅니다. 창세기 3장에 출현한 뱀을 연연해야 합니다."

스탠드바 사장은 등진 선반에서 낡은 성경을 꺼냈다. 그것 외에도 경전이며 『논어집주』가 선반에 꽂혀 있었다. 성경의 어느 페이지를 펼치려는 듯싶었지만, 그저 휘리릭 넘긴 다음, "뱀이 모든 육축과 들짐승보다 더욱 저주받긴 했지만, 종교적 성찰에 파고든 경험 없이는 의당 뱀의 저주엔 무관심해도 됩니다"라고 말하곤 나를 뻔히 쳐다봤다. 그러더니 말끝을 흐리며 안타까운 듯 혀를 찼다.

"역시, 예수의 종인 거죠."

작가는 설죽은 무신론자가 단말마에 하느님을 찾는 것처럼, 믿음이 절로 생길 만치 긴박한 그런 극단적인 처지가 내 신세라며 무지근해했다. 그리고 다음과 같이 말했다.

"꼬리 쪽부터 짓눌린 뱀이 입으로 내장을 쏟아 낸 걸 본 이후엔… 저도 성서와 연관 지어 뱀을 공부하긴 했습니다. 뱀의 죽음에 관한 키워드는 대부분 성경 말씀과 저주에 대한 의미로 귀결되긴 하지만, 대부분의 사람들은 뱀의 저주에 대해 잘못된 판단을 하고 있어요. 뱀을 안 좋은 시선으로 바라보는 목사의 설교를 고스란히 섬겨서 그런 거죠."

사장은 시큰둥하게 코웃음 쳤다. 그러면서 신학의 뜻은 미신보다도 믿을 게 못 된다, 여태까지 뱀의 저주 때문에 사생활에 해를 입었다는 사례는 미증유라고 얘기했다. 작가는 술잔으로 입가를 가리며 눈을 부라렸다. 나는 작가의 이야기에 손을 들어 주었다.

"뱀의 저주에 답을 놓으려면, 뱀이란 존재를 파헤치려는 가벼운 토론이 아주 오래전부터 있어 왔고, 양측의 주장이 모두 다르다는 사실을 전제에 두어야 합니다. 뱀의 유래에 관한 문헌에서 숨은 해석을 이끌어 내는 것은 미치광이나 할 짓이지만, 이 자리에 모인 세 사람의 의견이 모두 다르니까, 아마도 뱀의 존재를 천착하기에 앞서 토론하기 좋은 조건을 가지고 있긴 합니다."

나는 작가에게 뱀의 사체를 불교적 장소에 묻은 것까지 털어놓았다. 사장은 그것마저, 불상 앞에서 공양한 경험이 없다면 무신경의 저변에 놓아도 된다고 뇌까렸다. 그러나 작가의 입장은 딴판이었다.

"종교를 통틀어 뱀은 부정적인 상징물로 나타나지요. 불교에선 오욕五慾 중 색욕으로 악업을 쌓은 수행자가 상사뱀[2]으로 환생한다는 설화가 있는데, 뱀으로의 탄생이 전생의 악업으로 말미암은 업보임을 뜻하고 있는 겁니다. 실제 고대 이집트나 바벨론의 비의 종교에서도 사탄을 날개 달린 뱀으로 묘사했고…."

사장은 뭐든 간에 성서의 말을 인용하게 되면 조리라는 것이 사라지고 가설을 세우게 된다고 주장했다. 지극히 예사로운 성경의 구절들을, 제멋대로 해석하기 때문이라고. 작가는 기가 찬 표정을 지으며 뱀은 함부로 죽일 수 있는 생명이 아니며, 혹여나 뱀을 죽였다면 저주를 온 신경의 저변에 놓을 수 없는 법이라고 소리쳤다.

―――――
2) 사모하던 여자의 몸에 붙어 다니는 남자의 혼

"온갖 신화나 종교적 역사에 출현하는 인물들은 하나같이 창세기라는 원줄기에서 발원된 유파인 것입니다. 창세에 몸담은 육축과 인물은 오늘날 겨레의 시조란 말입니다. 뱀의 시조가 천벌을 피했다면 오늘날에도 다른 육축들과 별다름 없는 평판을 받았을 텐데."

사장은 그런 논리대로라면 하와의 겨레인 여자들도 언제까지나 뱀에게 유혹당한 어리석은 족속일 것이며, 배신자임이 틀림없다고 타박했다. 하지만 사장이 내세운 여자의 정의는 더없이 순결하고 정직한 존재였다. 작가는 뱀과 하와에게 부과된 하느님의 최종적 판결이 주안점이며, 하느님이 처분을 내린 국면을 기준으로 전후의 상황에서, 전이 시조의 본성인 만큼, 후의 시조는 결코 예수에게 불복종할 수 없기에 작태적이라고 피력했다.

"저는 대놓고 강세를 주어 말했습니다만, 뱀이 천벌을 피했다면! 오늘날의 육축과 달리, 죄벌의 표식을 가지진 않았을 거라고요. 여자의 산통과 뱀의 징벌은 영속되고 하느님이 그들의 죄를 청산하심과 동시에 벌을 내리셨기 때문에, 우리가 겨레의 본성, 즉 하와와 뱀의 성상을 알기 위해서는 심판받기 전후 사이에 직선을 긋고 그것을 분기점으로 판가름해야 한다는 겁니다.

뱀은 애초부터 하느님이 창조하신 피조물의 일종이었고, 다른 짐승과 다를 바가 없었어요. 하느님은 인간이 창조주와 피조물을 구별하는 힘을 스스로가 깨닫길 원했지만, 하와는 사탄의 지령을 순순히 받들고 있는 뱀이라는 피조물을 더 신뢰했습니다. 따라서 하와에겐 산통이란 벌이 내려졌고 뱀은 무지막지한 극형을 받았지요. 종신토록 흙을 먹고 배로 기는 것입니다. 뱀의 감각적인 부분이 육신과 땅에 속한 것 외에는 어떤 것에도 머물 수 없으니, 땅이 지옥이요, 하늘은 천국이 됩니다. 하느님이 귀애하는 천사의 육체적 감각이란 속마음에 솔직하며 복종하는 성격을 갖고 있으나, 뱀은 죽을 때까지 흙만 느끼겠지요. 성경에선 인간이 흙으로 빚어졌다고 기록되어 있습니다. 뱀이 흙을 먹는 것은 곧 인간을 지배하는 의미로도 해석할 수 있는 겁니다. 아무튼 아까 전 언급한 분기점의 앞뒤에는 뱀의 속삭임을 듣는 하와와, 땅을 기는 뱀을 바라보며 산통으로 비명을 내지르는 하와가 놓입니다. 징벌이 내려진 뒤에, 하와와 뱀의 옳은 청산되었지만 영혼의 현신現身에 죄의 이력이 낙인되었기에, 하느님께 절대적으로 불복종할 수 없게 되었습니다. 그렇기 때문에 겨레의 본성을 판가름하는 척도가 분기점으로, 앞의 시조가 겨레의 본성이 됩니다. 모든 짐승과 인간이 하늘을 거스르지 못하는 한, 본성을 굽혀야 하기 때문이죠. 결국 여자는 속여 넘기는 존재입니다."

작가는 뱀의 비조가 이러하며, 저주에 대한 줄기찬 이론은 끽해 봐야 창세기 3장에 국한된다고 부연했다. 그러면서 다음과 같이 덧붙였다.

"뱀의 본바탕을 갑론을박하기 위해 조사의 수고를 들일 필요는 없겠네요. 그놈의 저주에 관해, 각자의 의견이 분분할 까닭 없는 뱀의 진원은 창세기 3장에 명징하게 나와 있습니다…. 우리가 뱀의 양부를 판가름하기 위해서는 스랍을 공부할 필요가 있는데, 이사야와 사도 요한이 이상 중에 하늘이 열리는 순간을 본 다음 여호와의 보좌를 바라보았을 때, 맑게 갠 구름 주변으로 날개 여섯 달린 스랍이 모습을 드러냈어요. 그 천사는 사람과 송아지 그리고 사자의 세 얼굴을 하고 여섯 개의 날개를 펼치고 있었습니다. 스랍의 형상은 대표 격 동물들이 주축을 이뤘습니다. 파충류, 혹은 가축 따위가 끼어들기엔 가당치 않았어요. 이러한 내용은 모두 계시록에 나와 있습니다."

작가는 지금까지 자신이 떠들어 댄 말이 새로운 주장이나 저주를 피할 수 있는 수단과는 무관하며 지극히 범상한 내용임을 이해해야 한다고 말했다. 나는 그에게 파충류의 얼굴을 한 스랍 천사는 없느냐 물었다.

"하느님의 사역을 관장하는 스랍과 그룹을 목도할 수 있는 건 권위 높은 선지자들뿐이었습니다. 근데 선지자들조차 하늘에 큰 잘못을 저질러 언제부터인가 하느님의 보좌를 볼 수 없었습니다. 물론 파충류의 얼굴을 한 스랍도 있었을 겁니다. 알려지지 않은 화가가 성경을 바탕으로 뱀 형상의 스랍을 그린 사례가 있으니까요."

나는 하필이면 하와를 유혹한 존재가 왜 뱀으로 그려

졌을지, 혹은 뱀이, 단순히 재수 없게 사단에게 낙인찍힌 것이 아닌지에 관해 질문했다. 사단이 뱀을 매개로 사용하여 시조의 인간에게 접근했다는 건 누구나 아는 사실인데, 왜 여호와 하느님이 지으신 들짐승 중 가장 간교하다는 인식이 시정되지 않는 건지! 본디 뱀은 지상에서 가장 지혜롭고 으뜸가는 아름다움을 지니고 있었으니까 말이다.

"하와를 유혹한 존재가 왜 뱀으로 그려졌는지에 해답을 놓으려면 사단이 왜, 뱀을 매개체로 초택했는가를 문답해야겠지요. 당신 말대로 우연히 사단의 눈에 거슬린 것일지도 모르지만, 안타깝게도 그건 아닙니다. 사단은 그들 나름 신중하게, 지성을 가진 피조물 중 가장 어린 하와에게 접근하려, 매우 조심성 있는 뱀 뒤에 숨었어요. 적어도 하와는 뱀이 벙어리라는 걸 알고 있었습니다. 사단은 바로 이러한 점을 이용한 거죠. 뱀이 접근이 금지된 나뭇가지에서 도사리다, 하와에게 나무의 열매[3]를 먹으면 하느님처럼 될 수 있다는 말을 했더랍

---

[3] 선악과善惡果. 인간의 생명을 영속하게 하는 나무 열매. 에덴동산이 창조될 때, 조물주가 심어 놓았다. 아담에게는 나무 열매가 금단되었지만, 하와와 아담은 선과 악을 알게 하는 나무 열매를 따 먹었다. 뱀의 유혹 앞에서, 하와는 하느님과의 약속보다 본인 스스로의 판단을 신뢰했다. 이로써 인간에게 원죄가 부과되었다.

「이상향」

니다. 뱀이 말을 할 수 있다는 놀라움은, 곧 열매가 가진 능력으로 귀결됐고, 미성숙한 하와는 함부로 열매를 먹은 거죠.

 논외로 겨레라는 건 말이죠, 도통 변질되지 않고 유동적인 강물을 떠다니는 나룻배와도 같습니다. 우리의 젊음이 잠깐 동안 머무는 세대는 강 원줄기의 어느 지점에 있는 선착장일 뿐입니다. 저희 나룻배는 선착장에 정박해 우리의 종교적 전통이 태고에 변천을 맞이한 적은 없는지, 혈통은 불순하게 되지 않고 잇따라 이어져 왔는지를 알기 위해 성경을 들춰야 하는 것입니다. 세기의 변혁을 거쳐 온 원줄기는 결코 변패하지 않았습니다. 그래서 뱀의 시조가 중세 때도 창세기 양태 그대로의 성격을 한 채, 고스란히 사탄의 형태로 표현된 거죠. 중세보다 까마득한 선착장에 있던 고대인들이, 에덴의 풍경을 전승으로만 알 수 있었던 그 시대의 고대인들이 노아의 부패한 후손들이라면, 그때의 선착장은 아마 제국 시대의 중동 지역에 있었을 겁니다. 노아의 후손들조차 그들이 섬기는 신을 뱀, 곧 사탄처럼 그렸습니다."

작가는 뱀이 사단에게 저주받아 티끌을 핥기 전에는 영특하고 지혜가 넘치는 동물이 맞다고 인정했다. 그러면서 단조로이 성경 구절을 읊었다. 나는 도통 그 말소리를 알아들을 수가 없었다.

"'모든 천사들은 부리는 영으로서 구원 얻을 후사들을 위하여 섬기라고 보내심이 아니뇨' 히브리서 1장 14절 말씀입니다. 에덴에서 인간을 가르치기 위해 파견된 존재는 천사뿐입니다. 에덴에서 뱀은 하와에게 가르침을 주려는 사단의 수단으로 쓰였는데 가령 사단이 뱀에게 명령했더라도 뱀이 다른 육축보다 월등하지 않으면 부질없는 악마의 지시에서 그치고 맙니다. 악마는 가르칠 수 있는 권리를 부여할 힘이 없어요. 여기서 우린 추측할 수 있겠죠. 뱀은 본디 영특하고 지혜로운 동물이라는 것을. 뱀은 천사인 동시에 사탄인 것입니다. 이런 논지가 뱀이 그토록 아름답고 영특한 동물임을 방증해 주죠."

마음이 조급해진 나는 작가를 볶아 댔다.

"이제 말해 주세요. 저에게 저주가 내려지는 건 시간

문제입니다. 어서, 한시라도 빨리 내게 저주를 풀 수 있는 답을 알려 줘요."

"뱀의 저주는 연역의 공간에서 깊게 파고들 수 있어요. 명제를 안다고 해서 저주를 피할 수 있는 것은 아닙니다. 성경에 쓰인 뱀의 명제는 그저 이해해 두면 좋을 뿐."

나는 작가에게 연역의 공간에 있는 뱀을 구체적으로 설명해 달라고 재촉했다. 작가는 우주의 시초가 쓰인 성경을 연역하는 학자들이나 연구가는 대놓고 존재하지 않으며, 성경의 모든 배경이 과학적이나 원리적으로 밝힐 수 있는 영지와는 다른 차원, 세 번째 하늘에 있다고 말했다.

"그래서, 어떻게 하면 좋겠습니까? 창세기에 등장한 뱀의 기원을 공부했으니 연역에서 해결 방법을 모색하는 건 당신 몫입니다. 저주를 푸는 비법은 당신이 알아서 하세요. 어떤 이학적 기구로도 천계를 관통할 수는 없습니다. 천계를 고구하는 것은 불가하며, 그래서 인계人界를 초월하는 신앙이란 영역이 잉태된 겁니다. 우리가 저승을 임의대로 체험할 수 없기에 구세교의 신단이 세워진 것이고, 이 유형有形의 제단은 영계에 대한 실재를 증험함으로써 유형무형의 저승을 인계에서도 물질적으로 목도할 수 있도록 하는 장치이죠."

"당신의 해박한 이야기가 확실히 흥미진진하네요. 뱀의 영특함을 알고, 뱀의 억울함을 대신 호소하면 썸 저주도 사라지겠는데요. 우리가 악마의 이름을 알면 그 악마는 소멸하는 것처럼."

사장은 우리의 대화를 곰곰이 듣다, 비웃듯이 자꾸만 콧바람을 내쉬었다. 그러면서 작가와 내 빈 잔에 술을 따르고 카세트 라디오의 안테나를 뽑아 올렸다.

다케우치 마리아[4]의 「Eki」가 구슬프도록 가게 안에 흘렀다. 정말이지 추적추적 비가 오는 날, 젖은 꽃의 거리를 거니는 기분을 고즈넉하게 불러일으켰다. 연식이 오래된 라디오에서 중반부 음절이, 그 낡은 라디오와 걸맞도록 아날로그적인 곡절로 흘러나왔다. 칠이 벗겨진 스피커에서 직직, 기계음이 연신 들려왔다. 이제부

---

[4] 1978년에 데뷔한 일본의 유명 싱어송라이터. 1984년 발매된 「Plastic Love」가 히트를 치면서 시티 팝계의 여제가 되었다.

터 우리 세 사람은 지난 사랑에 당해 타지로 도망친 고독한 남성이 된 듯싶었다. 깊은 울림으로 흘리는 라디오의 서글픈 노래가 아름다웠다. 사장은 하회탈처럼 곡선曲線의 눈웃음을 지은 채로 흐느적댔다. 눈을 부드럽게 감고 있는 표정이 무언가 깃털 같은 인상이었다. 작가는 애써 무감각한 몸가짐으로, 스탠드바 출입구를 응시하면서 손가락에 담배를 끼고 있다. 담배 연기가 노래에 맞춰 미끄러지며 허공으로 피어났다. 작가의 가슴 깊은 곳에서, 그 어두컴컴한 어딘가에서 맵싸한 나뭇잎 냄새가 나는 거 같았다. 무엇보다 작가는 추억의 회상에 빠져 버려, 미치도록 떠오르는 누군가를, 그토록 쓰라린 감개와 함께 밀려오는 그녀를 두고 저항하고 있다. 각자의 분위기가 멋있고도 또 인생을 뒤돌아보게 하여, 우리 세 사람이라면 앞으로도 낭만적인 사랑을 할 성싶은, 어찌 보면 애인을 향한 믿음과도 같은 신뢰가 불쑥, 내 마음을 휘감았다. 어쩐지, 노래의 선율이 마련한 무대에서 우리는 한바탕 백조처럼 우아하게 춤을 추었지만 막이 내리고도 여운에서 헤어 나오지 못한 안색이었다. 우리 세 사람은 완전히 다른 상상에 잠겨 들어 있다 작가 쪽에서 큼큼 하고 목을 긁고 나서야 간신히 정신을 차렸다. 그도 그런 것이 곧이어 우리는 여자와 술 같은 향락적 풍류에 관한 화제에 놓였다. 이 때문에 작가가 다식할 뿐만 아니라, 어떠한 낭만에 수반되는 책임을 놓지 않는 삶으로 아주 아름다운 과거를 지냈음을 알 수 있었다. 그가 입을 뗐다.

"저는 무슨 말을 해야 할지 모르겠습니다. 요릿집과 단란주점이 늘어선 환락가의 황금기. 야심한 새벽이 지나고 아침이 밝아 올 즈음, 그녀는 매일매일 춤을 추었습니다. 그렇지… 그게 그녀의 꿈이었지… 꿈…."

작가는 다시금 초점 없는 눈을 하고, 건조한 손바닥으로 이마를 비볐다. 유분기 없이 바싹 마른 그의 이마에서 푸석푸석한 나무껍질을 손톱으로 긁는 소리가 났다.

"새된 비명 소리를 아직 잊을 수가 없습니다. 그녀가 그렇게 울부짖었어요. 아마도 그녀는 자식이 둘 있었습니다. 언제까지나 접대 여성으로 살 수는 없었겠죠. 그녀는 자식보다 꿈을 우선시하고 싶었던 겁니다. 사람들이 가 버려도 아무도 남지 않은 그곳에서 그녀는 뒤늦게까지 일했습니다. 그곳엔 무대가 있어서, 그녀는 모든 할 일을 끝내고, 거의 오후까지 춤을 추며 노래를 불렀었죠. 종목이 뭔지는 몰라도, 난 그렇게 깔끔하고 자연스러운 춤 선을 본 적이 없어요. 그때 그녀가 Eki를 불렀던 거 같은데."

사장과 나는 그리고 작가도 마찬가지로 눈을 마주치지 않고 물끄러미, 발밑이나 허공에 눈길을 던졌다. 작가는 계속해서 혼잣말하듯 말을 이었다.

"젊은 여자였는데, 불쌍하다고 말하고 싶지는 않습니다. 과연 불쌍하다거나 가엾다는 말은 실제적인 그녀의 저주받은 인생을 표현하기에는 알맞지 않습니다. 무언가, 슬픔을 한 단어로 녹여 내려는 노력이, 그러니까 슬프다는 한마디가 그녀한테는 어울리지 않아요. 당신들이 그녀의 육 개월을 눈여겨보았더라면, 무언가… 아무튼 단어로 그녀의 슬픔을 표현하기에는 그놈의 그릇이 너무 작습니다."

사장은 본디 여운이라는 것은 한순간의 감정으로 생

겨나는 것이 아니며 기나긴 이야기가 필요한 법이라고 말하였다.

"지나가 버린 한때의 제 여자도 지금 어디서 무얼 하고 사는지 모르겠지만, 그녀의 삶에는 배경음이 깔려 있었고, 특히나 곡의 가락이 좋았습니다. 그녀는 너무나도 듣기 좋은 노래처럼, 무언가 가을바람 비슷한 여자였어요. 저는 그녀에게 가끔 귓속말했었죠. 넌 네 세상의 아름다움을 아우르고, 그것을 겉으로 표해 내는 능력이 있다고. 그래서 한 곡의 노래와도 같다고."

작가는 이제야 사장과 눈을 마주쳤다. 그러곤 "가려하군요" 하고 말했다. 이후 곧바로 나에게 손가락질하며, "당신의 그녀는 불쌍한 여자입니까?"라고 물었다. 나는 아직 불쌍하도록 아름다운 여자는 만나 본 적이 없다고 말했다. 작가는 쓴웃음을 지었다.

"다케우치 마리야의 노래가 불쌍함과 아름다움을 동반자처럼 만들어 놨군요."

나는 그저 담담히 앉아서 아까와는 다른 노래를 귀담아들었다. 이번에는 국내 가요였다. 가수는 누군지 알 수 없었다. 그사이, 작가는 술잔을 홀랑 비우고 그녀에 대해 다시 말하기 시작했다.

"그 여자가 고된 인생을 산다는 것을 혼자서 몰래 밝혀냈습니다. 당시 저는 여자가 매일 아침 춤추는 그곳의 옆 가게, 작은 서점을 관리했습니다. 그리고 그곳에서 옹이구멍으로 여자를 훔쳐보듯 했습니다. 그곳의 문틈으로 가게 전체가 훤히 보였는데, 아침만 되면 그녀의 노래를 듣고 춤을 훔쳐보려, 육 개월이 가깝게 퇴근 시간이 지나도 서점에 남아 있었던 것입니다. 그때는 제가 많이 어렸지요. 스물한 살이었으니까. 여자와 대화하는 것조차 부끄러워서, 오히려 훔쳐보는 쪽이 나았습니다."

사람과 사람 사이에 오가는 여러 가지 소식과 정보들 그리고 그녀를 미행한 것 등등. 작가는 모조리 털어놨다. 그녀가 두 아이와 자살한 것까지 알려 주었다.

"아쉽지요. 지금쯤 잘나갔을지도."

사장은 작가에게 그녀의 이름은 기억하느냐 물었다.

"이름도, 얼굴도 기억나지 않아요. 예뻤고, 키가 꽤 큰

편이었고 이 정도는 기억납니다. 두서없이 이야기하긴 했는데, 아무튼 제 인생에는 그런 여자도 있었습니다. 그녀를 살면서 종종 떠올려 내는 것도… 아마 그녀를 사랑했나 봅니다."

 세 사람 전부 취하기도 했고, 라디오의 노래가 자꾸 바뀌는 바람에 분위기도 변화무쌍했다. 그래서 나는 상단에 '사랑'이라고 쓰인 종이 한 장을 들고, "여름밤의 관객석에 앉아 있으면 그리고 만약 가수가 겨울에 관한 노래를 부른다면, 저는 땀을 삐질삐질 흘리면서도 겨울의 사랑에 관한 글을 썼습니다. 그만치 향긋한 여름밤이었는데도, 왠지 제 글에선 찬바람이 풍기는 것이었습니다" 하고 말했다.

 작가는 내 얘기가 인생에서 한 사람과 사귈 때, 그 사람의 감성이 녹아나는 표현물에 전율하는 것과 일맥상통하다, 그래서 그녀를 데리고 갈 목가적인 장소를 고를 수 있는 요지의 변해辯解라고 그랬다.

 "분위기는 중요하죠, 아무래도. 그녀와 조금만 대화를 해 봐도 어떤 종류의 꽃을 선물할지 파악할 수 있고,

취향에 따른 예감의 적중이 그녀와 말다툼하지 않게 해 주기도 하죠."

사장은 말을 맺고, 언제까지 지속될지 모르는 그녀들 이야기에 싫증이 난 기색으로 은밀히 한숨을 삼켰다. 내게 화제의 전환을 간절히 부탁하는 눈빛을 보냈다. 나는 사장의 요청을 은근슬쩍 회피했다. 요행히도 작가가 낙원의 향수에 관한 이야기를 꺼내기 전까지, 우린 마치 도착증이 있는 변태처럼 외설스러운 대화에 중점을 두었다.

"사장님, 혹시 연필 한 자루랑 종이 있습니까?"

작가는 사장에게 백면지와 연필을 받아 들고 데생을 하기 시작했다. 여자의 육체였다. 작가는 나체의 여성을 그렸는데 주변 풍경에 대한 묘사를 심도 있게 그려냈다. 여자는 술병을 들고 있었다. 연필의 흑연으로 색을 입히지는 못했지만 나는 그림 속 배경이 밤중이라는 사실을 단번에 알아차릴 수 있었다. 작가가 한참 주변 환경을 표현하느라 나와 사장 둘이 함께 이야기를 나눴다. 이윽고 작가는 그림을 완성했다. 그는 백면지 하단

에다 '이상향'이라는 글자를 새겼다. 그림을 자세히 보니 거기엔 술병과 여자의 나체, 강어귀에서 흘러든 민물이 바다와 합수되는 지점의 풍경이 담겼다. 작가는 손가락 끝으로 여자의 젖가슴을 지목했다. 그다음엔 술병을 손가락질하고 다음으론 그림 속 주변 환경에 주목하라고 했다. 그는 이 작은 종이에 담긴 세상이 이상향이라는 이름을 가지고 있으며 결코 자신이 다다를 수 없는 꿈의 공간이라고 말했다. 사장은 그림을 보더니, "여자와 음주 그리고 별천지군요" 하고 말했다.

"맞습니다. 저는 여러분께 낙원의 향수에 관한 각자의 견해를 품고 싶습니다. 낙원이란 곳은 문예가 같은 몽유병자들이 꿈꾸는 고향집인 동시에 반신반인이 기원하는 조화로운 세상입니다. 이 그림은 말이죠, 학령이 안 된 어린이가 그린 가족상이랑 본질적으로 똑같습니다. 어린이는 안락한 지붕과 그 밑에서 비바람을 피하는 가족을 모사했을 뿐이지만, 그 세상은 현실이면서도 이상향이라는 이름을 갖고 있습니다. 우리의 유년기가 불우하지 않았다는 가정하에, 우리는 지금조차 부모님의 손길과 그 시절을 그리워하고 있지 않습니까? 정작 어린이는 그 시절이 이상향이라는 이름을 한 것에 망막해서, 그 시절에 일종의 명의를 부여할 수 없고 (이름 없는 아이를 부르는 방식은 품번을 부를 때와 같다. 이름 없는 아이는 자신의 생존 자체를 불신하며, 모든 인간이 기성품으로 보일 따름이다), 따라서 아까 전 제가 말했듯 이상향은 다다를 수 없는 꿈의 공간처럼 무아에서 펼쳐지게 되는 겁니다. 개화가 덜 됐거나 자아며 정체성의 확립이 미진한 아이들처럼, 편집증적 몽유병자들은 정신 연령이 낮고 백주몽 속에서 부동하죠. 작가들이 대개 몽유병자라는 일각의 의견은, 마땅히 작가의 지능 연령이 하잘것없다는 비난이라곤 할 수 없습니다. '유년 시절, 자신의 이상향에 이름을 부여한 자'라는 표식이 있는, 아주 영예로운 심미안을 가지고 있다는 주장이기도 합니다. 자신의 이상향은 어제이자 오늘 그리고 내일에 있습니다. 우린 앞날을 볼 수 없고 오늘의 이상향을 알아챌 수 없습니다. 그저 지나간 어제의 이상향에 이름을 부여할 수 있을 뿐이죠.

제 이상향에선 사랑에 실패한 남성이 매일없이, 그리워합니다. 그의 앞에, 애타게 사모하는 여성이 상像으로 나타나는데, 사실상 보이지 않고 잡히지도 않습니다. 그 영상은 육감이 없고, 시각적 겉모습도 없어요. 심상일 뿐이죠. 그림 내부의 나체 여성은 사랑의 유령이요, 남성의 욕구를 상징하고, 술은 인간관계에서 빼놓을 수 없는 아주 재미있는 일과 낭만을 책임지고 있습니다. 향수는 낙원으로 돌아갈 길이 없는 비현실적인 벽을 허물어뜨립니다. 그래서 그 존재하지 않는 공중누각에선 향수의 봄바람이 풍겨 오곤 하는데…."

사장은 칼로 레몬을 썰며 진작 모든 남자는 여성의 나체를 애무해 봤고, 술 때문에 일어날 재미를 위해 살아 숨 쉬는 존재라고 말했다. 사장의 칼질이 툭툭 끊기며, 칼날의 부드러움 없이 어수룩했다. 작가는 전등의 빛이 얼비치는 눈동자로 그것을 물끄러미 지켜보았다. 작가는 달콤한 상상에 잠긴 듯 입꼬리를 계속해서 히죽거렸다. 이내 경직된 몸뚱이에서 입만 놀리는 모습으로 다시 말을 시작했다.

"여성의 보편적인 육체는 진가를 발휘하지 못합니다. 그래서 여자들은 맹목적인 연애보다 사랑을 하고 싶어 하지요. 자신의 육체가 빛날 수 있도록. 물론 우리가 사랑을 중점으로 두지 않은, 그러니까 육체가 상해 버린 요부만을 골라 관계하진 않습니다. 그녀들이 내세우는 사랑을 못 느꼈을 수도 있는 거니까 말입니다. 하지만 우린, 우리의 내부에 펼쳐진 별천지를 더욱 아름답게 뒤바꿔 줄 여자의 심미안을 감식해야 합니다. 당신들도 진정으로 사랑하던 여성이 있었을 거고, 그럼 잘 알 테지요. 그런 여자들이, 지상으로 가라앉은 이상향의 섬을 하늘로 떠받힌다는 것을."

사장은 기필코, 별천지 속에서 음주의 환락이 일어나지 않으면 안 된다고 외쳤다. 그러곤 작가더러 그림 속 배경을 세밀하게 묘사한 이유도, 우리가 별천지에 가 닿지 못하는 한 결국 모든 아름다움은 그저 영상일 뿐이기에, 그런 희미함과 무용성을 반증하기 위함이냐 물었다. 나 또한, 그럼 창녀의 사랑을 어떻게 생각하느냐, 그녀들의 육체는 보편적인 육체가 할 수 없는 봉사를 하고, 그런 여자들도 누군가를 빛낼 수 있는 존재인가를 캐물었다. 작가는 그따위 물음일랑 본인들이 직접 사유할 수 있지 않느냐고 버럭 화를 냈다.

"슬픈 건 말이죠, 자신이 진정 이상향이라고 생각되는 장소에 다다랐다 한들, 도처는 어떠한 대물림 와중에서야 느낄 수 있는 허상인 것입니다. 이상향이라는 관념 세계는 너무나 비현실적이라, 탁상공론과 망상이라 표현할 뿐, 절대 현실의 산물로서 목도할 수 없습니다. 그렇긴 해도… 이상향에 실재적 실명을 부여하고 싶었습니다. 그렇지만 방법이 전연 없습니다. 허상이라는 실지를 인정하는 수밖에는…. 안타깝게도 허상이라는, 그토록 인정하기 싫은 특성마저 허여하기 위해, 저는 이상향의 대물림을 설명할 수 있어야 했습니다. 한 종착지를 그리워하던 시절을 다시 그리워하며, 결국 자신이 희구하던 이상향은 끝내 여차한 대물림 속에서만, 부정과 체념의 이름으로 어물쩍 느낄 수 있는 것. 그놈의 비현실적인 성질조차, 간단히 느낄 수가 없어서 자꾸만 무망함의 슬픔에 몸을 던지는 것입니다."

작가는 학구적인 분위기가 풍기는 술집에서 본래보다 현학적인 체하며 사상을 펼쳤다. 합석한 동 취향의 사람들과, 후줄근하게 물 먹은 나무로 이루어진 아늑한 공간이 작가의 화법에 다소 자신감을 불어넣었다기보다는, 말법에 관한 그의 오래전 습관이 타성에 젖어 말본으로 자리 잡은 기미였다. 당장의 무대는 아직 인정받지 못한 작가 자신의 견해를 자유재량으로 늘어놓을 수 있는 겨를을 주었다. 문학에 대한 애정으로 한데 모인, 본업이 장사꾼인 사장과 무위하게 사는 일반인인 내 곁에서 이 분야의 왕권은 무명작가가 적역이다. 비록 무명이라 할지언정 출간 이력이 있는 사람은 어딜 가나 대우받았다.

작가의 이상향은 내게 기시감을 불러일으켰다. 남자들이 영원히 이를 수 없는 세계라는 공동 의식보다, 그는 이상향의 추상적 성질을 호소했다. 인간이자 남자는 염원하던 목적지에 도착한들 이 정착지를 그리던 시절의 동경심에 또다시 고통받아야 하며, 신기루 같은 비경 세계의 실루엣은 남자를 가슴 아프게 한다는 것이었다. (수긍할 수 없는 동생의 원서遠逝에 부활의 실존감이 덧붙을 때면, 난, 영지에서의 만남을 고대했다. 하지만 설령 재회할 수 있다 한들 영원히 그곳에 미칠 수 없다는 현실 자각이 역행자인 내게 괴리감을 감득게 했다.) 나는 허망한 심정으로 잔뜩 움츠리고 술잔 바닥에 고인 투명한 액체를 바라보았다.

낮은 천장에 닿을락 말락 한 사장의 독두가 전등에 닿을 것만 같다. 그는 나란히 앉은 우리와 마주 보고 서 있다. 흰 와이셔츠 위에 검은 앞치마를 매고 있어 품위 있어 보였다. 각자의 격식이 확실한 자리였다. 사장은 집게와 엄지로 턱을 어루만지며 말했다.

"나는 딱히 이상향에 대해선 깊게 파고든 적이 없습니다. 행복한 시절이 있다면 그때를 이상향이라고 일컫게 될 뿐입니다. 가끔 가다 그때를 회상하게 되면 저절로 입꼬리가 올라가고 왠지 봄바람이 불어오는 거 같습니다. 시간을 되돌릴 수만 있다면 돌아가고 싶은 시절이 이상향 아니겠습니까?"

사장은 말을 내뱉으면서 작가의 빈 잔에 술을 따랐

다. 작가는 넉넉하게 담긴 술을 홀랑 마셨다. 이후 얼큰한 기침을 해 대다 내가 가지고 온 계란을 반 깨물어 먹은 다음 말했다.

"시간을 되돌린다는 말이 관념을 뒤집어쓴다면 어떤 물리학적 방식으로든 역행자가 될 수도 있을 겁니다. 하지만 저는 때때로 이런 생각을 합니다. 제가 과거로 반추를 행한 시점상에 놓인 사람들은 결국 흐르는 시간에 몸을 내맡긴 채 노년을 맞이합니다. 저는 미래로 나아가는 사람들의 과거 시절을 쏘다니며 과거의 그들과 교제하겠지요. 저는 이것이 참을 수 없을 만큼 우울한 일이라고 생각합니다. 아까 전에 이야기한 화살은 아마도 이곳에, 과거의 더미에 파묻혀 있을 겁니다. 현재의 그녀를 껴안고 싶어도 이미 지나쳐 왔던 흐름 속 그녀를 껴안는다면, 그것은 그녀의 진체가 아닙니다. 그녀의 진체는 이미 미래를 살고 있으니까요. 이상향이 미래의 어딘가에 잠들어 있으면 좋으련만."

작가는 사장에게 말하다 말고 고개를 왼쪽으로 돌려 내게 묻듯이 했다. 일반적인 물음이 아닌, 이제 내게

도 말할 기회를 준다는 신호였다. 나는 딱히 할 말이 없어서, "시공간이 뒤틀린 세상에서, 지구의 모처에 이르러 있는 사람을 찾는 건 불가능에 가깝죠. 저도 현재를 사는 그녀가 보고 싶을 거 같은데요" 하고 대충 답하고 말았다. 난 말끝을 시작으로 대부분의 시간을 얌전히 술이나 마셨다. 사장도 평소 손님을 상대하는 입장이어서 듣는 이의 태도로 자리를 일관했다. 작가 쪽에서 침묵이 끼어들 새 없이 화기애애한 분위기를 유지해 주었기 때문에, 어색함 없이 세 사람 모두 만족하는 기색으로 술잔을 기울였다.

작가는 이제 눈이 찢어진 코끼리가 무게 꽤나 나가는 행낭을 짊어지고 아프리카를 횡단하는 이야기에 비중을 실었다. 나중 가서야 지금까지 늘어놓은 코끼리 이야기가 준비 단계에 있는 소설 줄거리라 고백했다. 우리가 상당히 구미 당기는 이야기라고 호평한 뒤에야 이야기의 전모를 밝혔다. 그는 예비 독자의 의중을 타진한 셈이라고 했다.

"그나저나, 요즘 여성 육체에 대한 혐오감이 큽니다.

생각해 보면 남자란 평상시 여자와의 사랑보다는 육체에 환장하지 않습니까. 제가 여성 육체를 역겹게 생각한 이후로부터, 신기하게도 사랑이 수면 위로 떠오르는 거 아니겠습니까?"

만취 직전까지 가서 나는 맥주를 요청하며 횡설수설했다. 작가는 내게 여성 육체가 생물학적 개념으로 역겨운 거냐 물었다.

"아닙니다. 추상적인 개념으로 역겨워요."

"그럼 여성 육체가 징그러운 것과는 상관이 없겠군요. 확실히 여성의 몸에 싫증이 난다면 성적 욕구는 줄어들겠네요."

작가는 말하면서 자신이 그린 나체 그림의 성기 부분에 마구 동그라미 쳤다.

"이곳이 역겹다는 건 아니란 말이죠?"

"그 부위는 아무렴 상관이 없습니다. 단지, 저는 욕정의 노예가 되어 사랑을 보지 못한 저 자신에게 분개한 적이 있고, 이런 감정의 겨냥이 여성 육체를 원인으로 삼은 거죠."

사장은 작가와 내 대화를 유심히 듣다, "누구나 마음속에 품고 있는 이성은 충분히 아름다운 존재들이지요" 하고 말했다. 난 속이 뒤집혀서 사장의 미사여구에 상응하는 대꾸를 할 수가 없었다. 할 필요도 없는 것이지만.

더 이상 도수 센 술이 넘어가지 않았다. 독한 알코올로 체내의 수분이 바짝 말라 갈증이 심했다. 나는 물 대신 맥주를 벌컥벌컥 들이켰다. 매스꺼움이 심해져서 몸을 편한 자세로 뒤쳤다. 사장은 어딘가 불편해 보이는 내게 레몬 물을 건넸다. 새삼 그런 섬세함이 감격스러워 자상함이 들씌워진 그의 얼굴이 안쓰럽게 여겨졌다.

두 달 전쯤인가 사장과 한바탕 자지러지게 웃던 손님 옆옆 자리에 앉아, 그들의 취설에 흥미를 느끼고 있던 때가 떠올랐다. 당시 취객은 급히 술잔을 비우느라 높직한 의자와 벽이 사이한 바닥에 남몰래 토했다. 사장은 때마침 뒷전 선반에 늘어진 술들을 정리하느라 그것을 알아채지 못했다. 나는 그 남자 취객이 어련히 저지른 일을 수습하리라 생각했다. 그러나 그는 자신만만한 동태를 취했다.

"이봐, 사장 양반아. 술 품질이 쓰레기야. 나는 도통 취하는 사람이 아닌데. 술에 첨가물이 들었군. 술은 본연의 맛이 있는 법이라고."

그는 어처구니없는 표변으로 사장을 나무랐다. 사장은 거리낄 게 없었지만 보드라운 성미 때문에 술값은 받지 않는다며 내키는 대로 웃어넘겼다. 나는 벌컥 선의의 화라는 게 발동해서, "곧이곧대로 생각하시면 안 됩니다" 하고 진상에게 해야 할 말을 던졌다. 진상은 입을 떼지 않고 내 말을 무시한 채 가게를 나가 버렸다.

"저 사람 술값이 지나칠 텐데요."

"술이 취객을 만든다는 걸 알면서도 물장사를 하니까 감수는 제 몫이 아니겠어요? 원래 술과 함께 지내다 보면 재미난 일이 많습니다. 이런 사소한 일은 가볍게 넘기는 게 능사지요. 또 좁은 동네라 평판이나 소문에도 조심스러우니까."

"혹여나 저 인간이 나중에라도 다시 오면 응대를 하시렵니까? 하긴 저런 인간들은 나중에 술 동무를 데리고 시시덕거리면서 모른 채 방문하겠지만."

나는 당시의 기억을 더듬으며 작가와 두런두런 대화하는 사장의 얼굴을 쳐다봤다. 작가는 내 팔뚝을 치며 화장실을 같이 다녀오자고 말했다. 날이 서늘해서 외투를 챙겼다. 화장실은 가게 출입문을 열면 바로 오른쪽 벽에 붙어 있었다. 가게 출입문을 닫지 않으면 화장실 문이 열리지 않았다. 소변기가 한 대뿐이라 나는 변기에서 볼일을 봤다. 작가는 한 손으로 소변을 조준하고 나머지 손으로는 주머니를 뒤적여 담배에 불을 붙었다. 그러곤 왼편에 나 있는 작은 창문 너머로 밖을 내다봤다.
"이 고장에 얼마나 더 머물 생각입니까?"
"오늘 밤을 넘길 생각이 없었는데. 날이 밝는 대로 떠날 겁니다."
그는 단정한 몸가짐으로 화장실에서 먼저 빠져나갔다. 뜻밖에도 작가 청년은 밖에서 나를 기다렸다. 그는 정확한 발음으로 "냉골이네요" 하고 말했다. 난 그가 혀가 꼬이는 법도 없이 저렇게 술에 강한가 하는 부러움이 들었다. 오줌의 물줄기가 닿는 곳을 물끄러미 바라봤다. 연방 딸꾹질이 나와서 몸을 취객처럼 비틀댔다.

그래서 오줌이 사방으로 튀었다. 구토감이 내 정신을 어지럽혔다. 나는 무거워진 몸뚱이를 가누며 화장실을 빠져나갔다.

그들과 헤어지고 취기에 비실대며 집으로 향했다. 엉망으로 취해서 집에 들어가기 싫었다. 더군다나 작가가 바람을 쐬고 온다며 사라져 버렸기 때문에 사장에 대한 측은지심은 저번 일과 더불어 불어나 버렸다. 내가 작가의 술값까지 대신 지불하겠다고 했지만 스탠드바 사장은 잠시 혼자 있고 싶다고 중얼댔다. 그래서 말없이 지폐 여러 장을 테이블 위에 올리고 매장을 빠져나왔다. 걸으면서 수증기가 가득한 빗속에서 외투를 여미고 사라진 작가의 뒷모습을 생각했다. 묻어 준 뱀을 파 볼까도 고민했다. 밤의 정경 속에서 희뜩하던 은행나무도 보고 싶었다. 날이 추웠지만 살갗을 가르는 냉바람은 주후의 몸뚱어리에 아무런 차가움도 불러일으키지 못했다. 비 온 뒤 갠 하늘처럼 맑은 밤하늘이 아름다웠다.

나는 집으로 돌아왔다. 외출복 차림으로 욕조에 벌러덩 누워 샤워기를 틀었다. 단종된 옛날 과자처럼, 작가는 아까 전의 행실로 내 기억 속에서 단종됐다. 그 과자의 실물을 가지고 있는 사람은 이제 이 세상 어디에도 없다. 작가는 내 세상에서 영원히 사라졌다. 나는 흥건히 젖은 몸을 이끌고 집 안 창고에 방치된 담금주를 욕실로 끌어 왔다. 힘겹게 뚜껑을 열고, 그것을 욕조에 쏟아부었다. 담금주에 절인 인삼을 향해 "수고했다, 이제 내 차례다"라고 말을 걸었다. 하지만 인삼은 아무런 대답도 하지 않았다. 난 인삼을 미친 듯이 씹어 먹었다. 술내가 풀풀 나는 옷을 벗어 던지고 알몸으로 다시 창고에 들어갔다. 그러자니 옛 사진첩 등에 적힌 문구가 눈에 띄었다. '행복을 보관하는 사진첩'이라고 쓰여 있다. 이 사진첩을 펼치면, 다시 행복을 되찾을 수 있을까? 술김에 사진첩을 펼쳤다. 어린 시절 꽃놀이 사진이 담겨 있다. 빠짐없이 웃는 사진들뿐이다. 나는 웃고 있다. 비록 어린 시절이긴 하지만 어쨌든 그건 아무렴 상관없다. 나는 웃고 있다. 어린 나의 미소에서 눈을 뗄 수가 없다. 수줍게 포즈를 취한 나를 보자니 입술이 제멋대로 떨리고 가슴이 쓰라리도록 아파 왔다. 왜 웃고 있을까. 내 삶에 웃음이 머문 시절이 있었던가? 어린아이의 조촐한 행복은 오늘날을 살고 있는 내겐 세상에서 가장 값지고 그야말로 수율 좋은 행복처럼 여겨졌다. 나는 얼마간 슬픈 몽상에 빠져 있다가 사진첩을 덮고, 그것을 도로 꽂아 놓았다. 방으로 들어가 문을 걸어 잠그고 무언가를 막 써 내려갔다.

 실의의 경지에 발을 들였다. 어쩌면 고대했던, 죽을 수 있는 최적의 정신 상태에 돌입했다고 말할 수 있겠다. 맨정신이 붙어 있지만 동시에 실신 중이다. 나는 어느 순간 인화지를 통과해 사진 속 그 시절과 풍경 앞에 놓여 있었다. 어린 나는 가족들에게 둘러싸여, 눈부신 꽃밭에서 나비 날개를 찢고 있던 모양이다. 사진 너머의 어린 나는 나비를 잡고 있었구나! 얌전히, 막내와 부모님 곁에서 즐거움에 젖은 나를 보았으며 희망의 번뜩임도 보았다. 가슴에 햇살이 비쳤다. 몸 구석구석 낙서처럼 남은 상흔들이 재생의 손결로 치유되는 듯싶었다. 그 상처에 새살이 돋았다. 하지만 나의 세계에는 한없이 순환되는 영속의 규칙이 있다. 그 규칙을 거스를 수는 없다. 나는 규칙의 대물림을 성사시켜야만 하는 운명에 처해 있다. 그래서 어린 나의 목을 졸랐다. 손에 붙잡혀 있던 나비가 팔랑팔랑 하늘의 경계 어딘가까지 올라가 이내 아득해졌다. 꽃밭에 놓인 돌을 집어 들고 작은 머리를 세차게 내리쳤다. 어린아이의 유혈사태. 그러고 보면 어릴 적 어떤 평원에서 호흡 곤란으로 쓰러진 기억이 있는 거 같은데 말이다. 나는 고래고래 외친다. 이게 내가 살고 있는 잔혹한 세상이다! 그리고 앞으로 네가 만들어 가게 될 세상이다!

 유언장 비스름한 글을 쓰고 나서 많이 울었다. 많이 취했고, 그래서 어머니가 주무시는 안방 문을 박찼다. 자고 있는 어머니를 흔들어 깨우며 말했다.
 "엄마, 나는 어릴 적 이미 죽고 말았지!"
 어머니는 겁을 잔뜩 집어먹은 표정이다.
 "이렇게 말짱히 살아 있는데 무슨 소리니! 네 삶을 살렴."
 어머니가 비몽사몽인 정신을 간신히 붙들며 소리쳤다.
 "나는 이미 죽은 사람이야. 나는 그때 그 꽃 들판에서 죽고 말았어. 엄마, 분명 어릴 적 나는 어느 들판에서 호흡 곤란으로 쓰러진 일이 있었지?"
 어머니께 충격을 안겨 주고 다시 화장실로 갔다. 끝

없이 토했다. 물에 적신 옷을 어렵사리 입고, 밖으로 뛰쳐나갔다. 며칠간 사라져 있을 생각이었다. 나의 그럴싸한 잠적에 부모는 내가 어디 가서 조용히 죽었다고 생각할 거다.

버스 기사가 나를 흔들어 깨우며 종점이랬다. 열려 있는 버스 뒷문으로 황망히 내렸다. 하차를 기다렸다는 듯이 버스의 뒷문이 닫혔다. 술기운이 가시지 않았기 때문에 무작정 걷기로 했다. 인근에 있는 상가는 모두 철물점이나 공구 상가였는데, 일정한 간격으로 세워진 가로등이 주변 사물을 아스라이 밝히고 있었다. 개미 한 마리 지나다니지 않았다. 나는 오밤중에 계속 걸었다.

얼마간 걷다가 저만치 폐지 수레를 끄는 노인이 보여 잰걸음으로 그리 갔다. 쇠로 메운 바퀴 테가 가뜩이나 조만한 돌부리를 잘게 부숴 놨다. 노인은 별 아랑곳하지 않고 수레를 끌었다. 노인과의 거리가 좁혀지지 않아서 뛰듯이 걸었다. 노인이 전봇대 아래에 쌓인 폐지를 줍기 위해 멈췄을 때에야 그에게 다다랐다.

"사장님."

성별을 알 수 없는 노인은 험상스러운 안면을 과시하듯 나를 똑바로 바라봤다.

"누구요?"

"저도 모르겠습니다."

노인은 술 냄새를 풍기는 내게 저리 꺼지라고 윽박을 질렀다. 나는 노인의 멱살을 잡고 머리로 그의 이마를 박았다. 노인은 그대로 쓰러지고선 한동안 신음을 토하며 피를 흘렸다. 난 저녁의 호객꾼처럼, 노인에게 발길질하고 수레에 있는 폐지를 아무렇게나 던져 길가를 어지럽혔다.

"내 삶에 있던 모든 소중함이 떠나가고, 내게 남은 건 복수뿐이야. 어이, 노인네. 당신마저 나를 하찮은 취객으로 여기니까, 나는 참을 수 없는 거야. 돈을 내놔. 가지고 있는 돈을 전부 내놔."

노인은 손바닥을 쫙 펼쳐 터져 버린 이마를 지혈했다. 남은 손으로는 겉옷 앞섶에 달린 주머니를 뒤적여 낡은 지갑을 꺼냈다. 나는 지갑을 뺏어 지폐가 얼마나 들었는지 확인했다. 일금 칠만 원과 노인의 신분증 그리고 중화 식당 쿠폰을 빼내고 지갑을 있는 힘껏 멀리 던졌다. 계천에서 퐁당 소리가 났다. 노인은 질질 짜면서 하나뿐인 손녀와 처음으로 중국집을 예약했다며 애원했다. 난 지폐 두 장과 쿠폰을 돌려주고 황급히 자리를 떴다.

겨울에 쓴 수기

태초부터 모든 행동거지의 책임은 본인 스스로가 지나, 그 시작과 끝은 악마가 쓰고 악마가 마무리 짓습니다. 소명의 여지가 없고 항변할 대상이 없습니다. 차라리 무도한 괴물의 혈육으로 태어났더라면 내키는 대로 누군가를 죽였을 텐데. 하나 사방과 팔방이 타락한 신인지 출세한 원숭이인지는 몰라도 아담과 하와의 면모를 갖춘, 수천 세기가 흘러 오늘날 메떨어지고 별난 장식을 몸에 걸쳐도 웬만한 현대인처럼 보이는 그대들의 사이에서 괴물의 가면을 쓴다 한들 살인이라는 죄명을 면치는 못하겠지요. 야훼 하느님만을 보더라도 자신의 계명을 주워 섬기지 않고 신상을 만든 까닭에 삼천 명을 살육하였지요. 다윗의 인구조사, 모압 여자와 동침한 유대인,

하물며 백성들의 불평으로 인해 전염병을 돌게 하여 총 십일만 명의 인간을 살육하였는데, 아마 인간의 면모를 한 채 소위 학살 수준의 살육을 일삼을 수 있는 건 하느님밖에 없을 듯합니다. 이런 표면적인 대학살의 광경에서 벗어나 사사로운 살육을 보자면, '어느 여인의 아들이 여호와를 저주해 그를 죽였거니와 안식일에 일하는 남자를 돌로 쳐 죽였다'는 말씀이 있습니다. 저는 슬슬 파격적인 고백을 하렵니다. 위의 대목에서 언급한 괴물에 관해, 조금 더 구체적으로 설명할 심산으로 인과응보에 관한 가감 없는 사유를 하렵니다. 전생을 미루어 보아 오늘날의 나는 죄업을 망각한 자요, 과거에 대역을 저지른 죄인입니다. 전세前世 아버지의 은혜에 망은으로 답하고, 어머니의 미덕이 쓰인 백지에 먹칠을 하며, 마지막으로 둘을 목 졸라 숨통을 끊고 그윽한 미소를 얼굴 만면에 표 내며 나의 형제를 곁눈질하는 죄인입니다. 형제는 질세라 몸부림치며 저항하지만, 서슬이 배 깊숙한 곳까지 깊게 가닿습니다. 마당에 묶인 개밥에 쥐약을 섞고 고향집을 불사릅니다. 어떤가요. 이보다 더 괴물 같을 수 있을까요. 유감스럽게도 위에서 언급한 고古의 죄악과 신新의 죄악을 병치하여 유비한다면 신의 악업이 비교할 수 없으리만치 막대하여, 전생

「 이상향 」 85

에 패륜을 저지르고 가족애를 저버린 본인이 부러울 지경입니다. 전생의 죗값을 치러야 함직한 저는 오늘날의 재앙이니 후환을 마땅히 죄벌이라 여겨야 하느님을 원망하지 않고, 누군가를 탓하지 않는, 적어도 이 정도의 소행(불의에 가담하지 않는 것만으로도 정의가 실현되는 세상처럼)을 행할 수 있을 뿐입니다. 또한 오늘날의 끔찍한 재앙과 비애는 전생의 반인륜적인 참상을 떠올려 내지 못하고서야, 자살할 담력도, 태어날 마음도 없었던 현생의 회한에 항거라도 할 수 있으니, 저는 전생을 반드시 반추할 수 있는 초탈적인 정신력을 가져야만 합니다. 하지만 현실적인 말보다 더욱 현실적인 현대 사회의 일환이자 개인인 저는, 의당 전생으로 역행하는 현묘한 능력 따위가 있을 리 만무합니다. 저는 더욱 잔인하게 되고 대의멸친적인 인간으로 오늘날 재탄생했습니다. 고릿적 가족을 몰살한 살의 깃든 상념과 상응하도록, 저는 이미 너무나도 참혹한 현생의 도상에 놓여있는 신세로서, 오늘날 가정에 해를 끼친 일말의 죄책감을 경감하기 위한 자구책으로, 전생에 여차한 만행을 저질렀다는 사실을 깔끔하게 자인해 버린 처지입니다. 그럼 오늘날에 이르러 근면하고 투철하게 부모를 받들어야 하는 게 아닌가? 생각하실 수도 있겠지만, 전생의 부친과 하느님이라는, 두 아버지의 저주는 육 년 전 중학교 시절에 거친 광조의 정신적 질환으로 청산되었음에도 불구하고, 성인이 되고 난 이후 다시금 가족에게 살기 어린 침해를 입히고 있습니다. 하느님의 진노하심이 악인들을 압박할 때 악인들은 교정되기보다 오히려 부서지며, 악인들의 두려움이 그들 자신을 기절시키고 지옥과 영원한 파멸 외에는 그 어떤 것도 유념할 수가 없다는 말처럼 저는 악마의 편력에 응하는 소행을 일삼을 수밖에 없는 노릇인가 봅니다. 여자 문제도 마찬가지입니다. 발광하는 자의 곁엔 머물 자가 없고, 사랑도 없습니다. 작위와 가식이 존재한들 이것들로 여성의 육신을 애무하고 얼마간 사랑을 흉내 낼 수 있을 성싶지만 얼마 못 가 사랑의 거짓됨이 들통나고 맙니다. 사랑 앞에서 우의적 친밀감이 아무 구실도 하지 못하는 걸 아는 여자들은, 그래도 사랑을 택하지만, 제가 가면을 벗자, 그녀들의 배신감은 막대합니다.

 다음 수기를 쓰기 다섯 달 전이면 여름이고, 또 밤의 열대야 속에 내가 있다. 스물둘이 된 청년 하나가 여름 밤 속에서 땀을 삐질삐질 흘리며 골머리를 앓고 있다. 영월에 살기 전에는 간척 도시에 살았고, 특히나 천변

「이상향」 87

을 좋아했던 나는 그곳에서 전망할 수 있는 도회적인 도島를 사랑했다. 도에는 한국에서 교초인 명문 대학교가 자리했는데, 그 대학 후문 쪽엔 조용한 공원을 면한 고속도로가 도의 둘레를 에워싸고 있어 그 도로변을 어슬렁거리면서 깊은 사념에 잠겨 있곤 했다. 유년 시절부터 입원과 퇴원을 반복한 이력이 있는 나는 조현병이 여느 인간을 얼마나 혹사하는가에 매우 유념했다. 이러한 염두가 사회에 속해 있어도 때때로 들려오는 환청이나 이명 소리로부터 스스로의 발작을 방제해 주곤 했지만, 다른 이들과 어울려야만 하는 상황은 단체적인 집합을 꺼려하는 나를 병리적인 스트레스로 내몰았다. 대부분의 일과를 남의 간섭이 전무한 도서관에서 보내고 야간이 되어서야 야외 활동으로 도에 갔다. 산보하는 노인들이 간간이 공원에서 보였다. 그들은 개를 산책시키거나 꽃에 대한 책을 읽거나, 보온병에 담긴 차를 마셨다. 그들만의 여유로움이, 그러니까 말년을 지내는 노인들의 한가함이 부러웠다. 내가 온갖 욕설을 퍼부으며 걸을 때면, 노인들은 뒤돌아서 나를 쳐다보곤 하였다. 한번은 어느 노인이 나를 붙잡고, "무슨 일 있는가, 젊은이?" 하고 물었다. 자신들이 겪어 보지 못한 불완전한 세대에 속한 젊은이와의 접촉을 무릅쓰며, 한편으론 삶의 만사를 체험한 경험자의 격언을 해 주려 접근한 것이리라.

"태어난 걸 후회하고 있어요. 구토할 거 같아요."

나는 앞머리를 쓸어 올린 뒤 다크서클이 내려앉은 눈 밑을 마구 비볐다. 노인이 눈을 마주치며 한 대 치려는 듯이 내게 다가왔다.

"자네는 젊네. 인생에서 가장 중요한 건 미래란 말이지. 자네의 삶은 미래에 맡겨야 하네. 미래가 자네에게 알아서 닥치길 기다리기보단, 전진하게나."

"미래를 피할 수 없으니까, 죽고 싶은 거죠. 삶은 곧 미래를 사는 건데, 저는 삶을 포기했으니까 그 포기에 수반된 책임이 미래라는 이름을 한 채 제게로 다가오는 게 끔찍해요."

노인은 내게 젊은 나이 치고 꽤나 수준 높은 말을 뱉을 줄 안다며, 호평 비스름한 칭찬을 늘어놓았다. 그리고 근거 없이 무작정 괴롭다는 젊은이의 호소에, 노인은 다음과 같이 말해 주었다.

"젊은이. 미래에 대한 미지와 비확실함의 공백은 완성도의 차도에 따라 점진적으로 채워지는 거네. 그래서 나 같은 노인은 안정감 속에서 생을 살지. 세상을 온통 겪어 봤으니까. 자네는 당연지사 성공에 목이 말라 있어서 힘든 거네. 성공에 목말라 있지 않으면 인생은 간단하며 단순한 법이네. 젊은이들이 환난에 빠져 있을 때, 어른들은 젊음을 포기하지 말라는 위로를 건네곤 하지. 자네는 아직 꿈과 업을 심안할 시간이 많다네. 꿈을 찾고 꿈을 공부하기까지 시간이 남아 있으니, 꿈을 위한 공부를 하게나."

난 잠시간 노인이 말한 성공이라는 게 무엇인지 생각해 봤다. 돈이 처음으로 떠올랐고 다음으로 여자가 생각났다. 꿈도 마찬가지였다.

"돈의 미학이란 결국 시간의 종말에 있다네. 삶의 끝자락 말일세. 자네 나이에는 돈이 궁하긴 하다네. 그만큼 하고 싶은 것도 많은데 말이야. 하지만 이것을 유념하게. 돈은 결코 행복과 자유의 수단이 될 수 없네. 돈은 무엇이든 쉽게 만들어 버리는 성질이 있는 마물과 같다네. 돈이 끌어들인 여자는 몸을 간단히 내주거든. 뭐든 쉽게 얻으면 그것의 귀중한 진가를 곧이 느끼지 못하니까…. 그렇지만 나처럼 늙으면 재산 유무는 아무렴 상관없긴 하네. 내게 있어서 돈은 무용한 종이 쪼가리지. 돈이 없는 시절엔 무엇이든 어렵게 얻으니, 가치의 소중함을 알고 거기서 인생의 미덕을 배웠네. 그 미덕은 밥벌이 없이 가난함에 굶주려도 삶을 행복하게 영위할 수 있는 법과 상통하지. 세상만사에 달통한 노인네들이 시간의 끝자락에서, 죽음을 목전에 두고 돈의 미학을 상기하는 걸 자네도 늙고 나면 알 텐데…."

나의 흉금을 훤히 꿰뚫어 본 듯 노인은 돈에 관해 주야장천 이야기했다. 한창인 젊은이들이 궁극적으로 갖는 목표는 똑같다. 그들은 돈을 위해 투쟁한다. 나는 노인에게 직업을 물었지만 노인은 답하지 않고 떠났다.

다섯 달 전 머리채 부여잡고 고뇌에 빠진 일은 정신병적인 문제와는 별개이다. 중학생 시절 내 정신을 피폐하게 만든 원흉은 약물에 의해 진작 녹아내렸다. 나는 금전金錢 때문에 핏대가 설 정도로 골머리를 앓은 것이다.

한 가정이 물심양면으로 유복하다면 그건 엄청난 행운이다. 물질적인 완성을 위해 각종 위험 요소가 잠재된 행로에 발을 내딛지 않는, 미연의 현명한 판단만으로도 가족의 단란함은 보장된다. 돈을 찾아 떠나는 항로에 결코 평화로운 안식은 없으며 실망과 포기라는 극단이 도사릴 뿐이다. 예컨대 여느 수완가의 사업이 확충되어 번영을 이룬다면, 그래서 천문학적인 돈을 거둬들인다면, 그 사람은 자신이 생된 시절에 꿈꾸던 부유의 목적을 달성한 것이 아니다. 그 사람은 다행히 운수가 좋았을 뿐이며 만금을 노리고 입성한 경제적 자유의 여행길에서 종단을 겪지 못하고 중도에 포기한 거다. 그러므로 이 세상에서 한도나 제한이 없는, 그러니까 무한정 거둬들일 수 있는 돈의 일부를 슬하에 거둬들인다고 한들, 자신의 늘품을 자부하며 사업에 뛰어든 투자자는 아직 미숙했을 때의 자신이 만족할 만치의 수

준이나 정도에 이르지 못하고 무제한적 수익을 포기하는 것이다. 결단코 그들에게 남은 과제는 검약을 익히고, 청빈한 삶을 추구하는 것밖에 없다.

아버지는 채무를 청산하려 모종의 투자에 손을 댔지만 실각했다. 어머니는 사회복지사 일을 하시며 박봉 월급을 받았다. 이맘때쯤 나는 대학교 이 학년생이었다. 그러나 흥미 없는 학교생활에 적응하지 못해 담배만 온종일 물고 있다 하교하는 생활을 반복했다. 최하위권 성적으로 국가에서 지원하는 장학금마저 끊겼다. 장거리의 학교를 비비적대며 통학했지만, 녹슨 폐건물을 연상케 하는 외관의 학교가 첫 등교에 대실망을 안겨 주었던 것과 같이, 나는 학교의 시설과 체계에 날로 실망했다. 대학생활은 악화 일로의 연속이었다. 그곳은 정감 가는 구석이 약간도 없고 교수나 학생 모두 일제히 맞물리지 않는 부품 혹은 집단 같았다. 그러나 그곳의 도서관만큼은 비바람 거세게 휘몰아치는 학교생활에서의 무풍지대 같은 장소였다. 최하의 수능 등급으로도 입학할 수 있는 대학인 만큼, 더욱이 그곳 학생들은 교재教材와는 거리가 멀었다. 도서관은 대학 본관 제일 꼭대기 층에 위치했다. 공해의 희뿌연 먼지를 뒤집어쓴 완충지대가, 높은 층고의 도서관 전망을 독차지하는 바람에 이슥하고 서늘한 곳이었다.

누군들 머물고 싶은 시절 하나쯤은 마음속에 그리겠지만, 오늘날의 미련이 과거에 두고 온 그것으로부터 시작된 것이라면, 우리는 찾을 수 없는 보물이 묻힌 지도로부터 항상 헛된 희망을 느낄 것이다. 지도에 표시된 보물의 지점은 삶의 원심이자 환부로서 나의 들끓는 피들이 모두 그곳으로 쏠린다.

나의 환청 같은 경우, 시대적 변혁에 대한 순응 없이 과거의 모처에서 음원이 되는 것인데, 그 비음은 나를 언제 어디서나 구슬프게 만들었다. 그곳에는 당연하게 사랑했던 여자가 있고, 살풍경이지만 나를 가슴 아프게 만드는 비경이 펼쳐져 있다. 그곳을 애타게 그리며 학교에서 집으로 돌아가는 찻간에 앉았다. 밖을 넘어 보는데 황량하게 벌거벗은 논밭이며 무너진 비닐하우스가 더러운 교외풍의 주축을 이루고 있었다. 이 거북살스러운 학교에 다시금 발 들이지 않으리라 맹세했다. 대신 하루도 거르지 않고 동네 도서관에 출석하기로 했다. 이 자신과의 약속이 실현되기 위해선 장래성의 보장에 대한 명확한 사료가 필요했는데, 학교에서 탈출한 지 일천한지라 나의 이지는 가슴이 희구하는 바에 복종했다.

  도서관 사서는 언제나 시곗바늘이 정오를 칠 무렵 내가 도서관으로 출석한다는 것을 잘 알았다. 그러나 사서가 정오의 소년을 잊기까지는 오랜 시간이 걸리지 않았다. 나는 어느 부턴가 완전한 방탕아로 둔갑해 야심한 밤, 부엉이처럼 새벽 활동을 시작하게 되었다. 술을 퍼마시러 다녔다. 그러면서도 문학에 대한 애정을 놓지 않았다. 작문이란, 자득의 결실 과정에서 고등한 자기 성찰을 요구했으므로 가뜩이나 관념적이던 나를 형이상적 단계로 격상시켜 주었다. 그러나 틈틈이 집필한 작품들은 좋은 성과를 거두지 못하고 자조라는 자기 비하를 낳았다. 휘호에 관해서라면 도제의 과정 없이도 완숙도 있는 글을 써 내려갈 수 있으리라는 확신마저, 대학 교수에게 반항했던 경험과 더불어 전문가의 가르침 없이는 불가하다는 자포자기로 무너졌다. 동서고금을 막론

하고 소설이란 장르는 어딘가 미치지 않고선 결코 자신의 예술로 승화할 수 없는 경지의 분야였다. 난 소설에 대한 충만한 의지로 미쳐있었건만, 자서는 저조한 판매 부수를 달마다 기록하다 끝내 판매가 중지됐다.

내세울 게 전연 없는 삶은 신산하기 마련이고 그런 삶을 영위하다간 자기 파멸에 이른다. 실패가 낳은 몰락으로 나에겐 우울감만 쌓여 갔다. 자력資力의 우물도 바짝 마른 터라, 무엇이라도 어쩌면 시도해야만 했는데, 이 시도하는 자의 기도企圖 정신이 경험 없이는 아무것도 산출되지 않으며 이행할 수 없다는 옛말과 일맥상통하게 되는 바람에 나를 무작정 어디론가로 떠나게 했다. 사실 이 여정은 견문의 밑바탕에부터 삶의 재기를 이뤄 내자는 취지보다는 우정과 사랑을 찾아 떠나는 정처 없는 모험이었다. 우정은 물질적인 원조요, 사랑은 여자와의 색정을 나타냈다. 삶의 공허함을 달래 줄 대상은 돈과 여자만이 전부였다. 마침 혈기가 왕성할 나이인지라 내 머릿속에는 삶의 궁극적인 고지가 될 금권이며 여자의 온정, 이 두 가지밖에 상존하지 않았다. 내가 존경하는 문호님조차 빚에 허덕이고 약물에 의존하다, 또한 여자 품속에서 안락을 탐닉하다 타계하셨는데 마침 내 쪽에서도 오랜 기간 우울이라는 질병을 앓아왔거니와 이런 우울이 여성을 현혹시키는 데 대단한 효과가 있다는 걸 눈치챘기 때문에, 내 삶의 방향성은 그대로 나아갔다.

  돈과 여자에 대한 환상은 당시의 내게 현실과 비현실의 경계를 오가는 비물질적인 것이었다. 손에 잡히지 않으면서도 모든 남녀는 부부이며 연인이었다. 나는 자기 합리화적인 자구책으로 스스로를 짝을 찾지 못한 비운의 게으름뱅이라고 인정했다. 오매에 여색을 생각하는 자신이 여자와 한 침대에서 나뒹굴지 않는다고 찌무룩한 밤을 면하는 것이, 여자의 색신보다는 별천지에서의 로맨틱한 날을 희구하고 있다는 발로이기도 했다. 내게 아직까지 여성과의 운명적 조우는 비현실적인 허구에 가까웠지만, 필연의 등불이 가슴에서 환히 빛나고 있었기에, 운명적 상봉을 위해 무작정 동해의 시골 도시로 떠났다. 강원도 고성이었다.

강원도로 직행하는 버스에서 요상한 꿈에 빠져들기 전, 과연 다음과 같은 명상에 잠겼다. 여자와 삶, 돈과 삶. 삶의 업에 이르는 여로에서, 그 다습하고 어둑한 조명의 찻간에서 나는 심상치 않은 예감에 복장이 더부룩해졌다. 도착지에서의 방랑과 정처 없는 발길은, 바야흐로 당위적 상봉을 위해 떠남을 하는 나의 유의식 내부, 그러니까 도처 어딘가에서 완벽한 형태로 허정대고 있을 돈과 여자가 기시감적인 무결함을 감득게 한 것인데, 이것은 아무래도 극적으로 아름다운 조우와는 본질적으로 상반됐다. 나의 여정은 꼭 성경 계명처럼, 책장만 스르르 넘기면 훤히 내다볼 수 있는 장래의 연속이 적힌 페이지를 임의대로 펼칠 수 있는 수의隨意의 성격과도 진배없는 것이다. 이러한즉, 나는 느껴 본 적 없는 동경의 퍼즐 조각을, 돈과 여자라는 두 조각으로 인생을 완결 짓기 위해, 과거의 경험이 구축하고 그것을 반으로 토막 낸 미래의 하처에 투척한 조각을 우연이라는 이름으로 발견하기 위해 찻간에서 이러고 있는 것이다. 그래서 포장지도 뜯지 않은, 삶이 던져 놓은 새 선물을 기대한다는 마음보다는, 잃어버린 삶의 선물을 찾아야 한다는 욕구가 컸다. 그래서 어쩌면 불길했고, 생각지도 못한 꿈에 잠겨 든 것이다. 가로수 길을 걷고 있었다. 민들레가 가로수 밑에 피어 있었는데, 머리는 염소지만 몸체는 사람인 생명체가 민들레 잎을 뜯어 먹고 있었다. 그러다가 불길과 함께 화르르 사라졌는데, 버스 안내 음성을 듣고 꿈에서 깨어난 것이다. "고성…"이라는 안내 음성의 말끝만 듣고 하차했더니 속초였다.

저물녘을 맞이했다. 정어리 눈을 꿰뚫어 매단 건어물집 앞에서 시식용 문어 다리를 질겅질겅 씹었다. 파도치는 소리가 들렸다. 방파제와 육지 사이 외벽이 바다 풍경을 가렸다. 파도가 이는 소리만으로 포말에 해양 쓰레기가 넘실거리는 광경이 머릿속에 그려졌다. 수산물 직판장 어귀에는 짓눌려 뭉개진 생선이며 게의 껍데기가 땅에 널브러져 있었다. 방파제에는 고양이가 들락날락했다. 손수레를 끌며 번데기를 파는 노인이 군용 바리케이드에 걸터앉아 종이컵에 담긴 무언가를 마시며 담배를 피웠다. 노인은 담배를 한 모금 들이마시고 잇새로 침을 뱉은 다음 종이컵을 입에 가져다 댔는데, 이 세 가지 과정을 마치곤 눈을 흘기면서 바닥을 쪼는 비둘기를 날려 보냈다. 수산시장은 신식이 아닌 과거의 것을 답습한 국면이었다. 시청각적으로 수선스럽고 너저분했지만 어쩐지 정감이 가는 구석이 있었다. 팔방에서 풍기는 생선 피비린내가 코밑으로 흘러들었다. 나는 될 수 있으면 힘에 부치는 데까지 수산시장을 활보했다. 상인과의 선심으로 엮인 대화의 첫머리가 나의 출생지며 신원을 밝히길 요했기 때문에 숙식에 대한 가망이 엿보였다. 출신지를 일러 주면 그들은 화들짝 놀라며 이곳에 혼자 왔느냐 묻고, 그렇다고 대답하면 무슨 목적으로 속초까지 방문한 거냐고 물었다. 나는 외래 관광객이며 근방에 거주하는 주민들과는 딴판인 행색을 보였으므로, 손님 유치를 위한 안목을 겸비한 가게 주인들은 대체로 내가 평범한 객인이 아님을 알아차렸고, 도리어 숙식을 걱정해 주는 것이었다.

노란 간판이 독보적으로 눈에 띄는 횟집에서 만 원짜리 복어회를 주문했다. 막회를 썰어 파는 가게였다. 저

렴한 가격과 푸짐한 양으로 소주잔을 기울이는 단신 노인네가 많았다. 나는 스티로폼 위에 상추를 깔고 거기다 때깔 좋은 회를 올려 파는 주인장의 넉살에 멍게도 추가로 구입했다. 주인장은 인심이 후했지만 상술을 부리는 듯했다. 주인장은 가게가 즐비한 거리를 따라 남쪽으로 거슬러 올라가면 바다에 다리를 담그고 음식을 먹을 수 있는 장소가 나온다고 일러 주었다.

그 덕에 그리로 갔다. 과연 환상적인 장소였다. 도로가에는 마차를 끄는 말이 보였고 해거름인 탓에 물색이 푸르스름하게 빛났다. 훤히 트여 있는 항구에선 여유를 부리는 관광객들이 한가로이 휴식을 즐겼다. 내가 이름을 아는 몇몇 작은 물고기들이 불투명한 말미잘 주변을 날래게 헤엄쳤다. 건너편 포구에는 고깃배 몇 척의 주위로 선주들이 삼삼오오 무리 지어 있었다. 스티로폼을 졸라맨 줄을 끌러 회를 한 점 입으로 가져갔다. 양념 없이 먹어도 감칠맛이 났다. 소주 생각이 났다. 소주를 곁들이는 것을 깡그리 잊어 먹고 있었다. 아마 어촌의 목가적인 광경에 취해 소주를 생각할 겨를이 없었기 때문이다. 이곳의 풍광은 수도권의 각박하고 치열한 경계의식을 누그러뜨렸다. 모든 상인과 주민이 타협할 줄 알았으며 멋모르고 말을 붙이려 드는 낯선 이에게 이타적인 호의를 보였다.

속초에 도착한 첫날부터 기가 막힌 연줄을 타기 위해 이곳저곳을 누볐지만, 그곳의 푸근함에 취해 딴전으로 시간을 흘려보냈다. 다이빙 선수가 추락에 앞서 불규칙한 심호흡을 연방 토해 대 자재自在의 괘장을 만끽하는 것처럼, 첫날의 안일한 방랑은 목적인 수중으로 다이빙하기 전 마지막 자유이자 초험적 명상이었다. 이런 자유의 여지가 목적을 깡그리 잊도록 해서 나를 옥죄는 조급함이 한갓지게 느껴졌다. 삶의 한가운데, 이러한 여지의 길 위에 놓여 있으면 새로운 삶의 지평이 트이는 걸 볼 수 있다. 여행의 설렘에 취한 방황이 기어이 외각의 허름한 침례교회로 나를 인도한 것처럼.

속초에서의 둘째 날에는 어느 농장에서 설익은 복숭아를 서리해 배고픔을 달랬다. 첫날밤 술에 취해 지갑과 생필품이 든 가방을 바다에 빠뜨렸기 때문이다. 난 어쩔 줄 몰라 급한 대로 복숭아 농장에 숨어들었다. 그러나 이 생존법이 이틀간 지속되자 손톱 밑이 연분홍으로 물들었다.

북쪽으로 일곱 시간쯤 걷자, 고성이란 글자가 이정표에 새겨져 있는 걸 볼 수 있었다. 길섶에 산수유 열매가 나 있어 그것을 따 먹었다. 씨알 좋은 열매를 찾기 위해 녹음이 우거진 수풀을 헤치며, 홀린 듯 산길을 올랐다. 그러다 샛길에 들었는데, 그곳에서 촌村이 내려다보였다.

마을의 민가에 가까워지자, 구수한 냄새가 났다. 배에서 꼬르륵 소리가 길게 이어졌다. 마을을 통과하자 해변을 낀 버스 정류장이 나왔고, 그 옆은 깔끔히 포장된 도로였다. 도로를 면한 가정집에선, 노인들이 먼바다를 바라보며 넋을 놓고 있었다. 한 내외가 불판에 걸쭉한 반죽을 올리고 있었는데, 빤히 바라보는 내 눈초리가 신경 쓰였는지 손짓으로 나를 불렀다. 나는 엉거주춤한 몸짓으로 그리 갔다.

"쑥떡인데 먹어 볼 텨?"

남편 쪽에서 웃으며 말했다.

"제가 먹어도 되는 건가요?"

"앉아서 어여 먹지."

나는 선 채로 쑥떡을 입에 마구 쑤셔 넣었다. 바삭하게 탄 쑥떡이 마치 소고기를 먹는 듯한 식감이었다.

"근처 사는 겨?"

반죽 그릇이 텅 비고, 구워진 쑥떡까지 모조리 내 뱃속으로 들어가자, 아내 쪽에서 물었다.

"멀리서 왔어요. 수도권입니다."

"아, 그런 겨. 혼자 왔는가 보네."

그녀 말에 눈물이 복받쳤다.

"왜, 눈물 날 거 같은 겨?"

나는 부모에게 버림받아 이곳까지 도망쳐 왔다고 거짓말했다. 돌아가신 할머니 댁이 근처이고, 집이 비어 있으니 당분간 그곳에서 지낼 거라고 했다. 내외의 동정심을 이용해 생활비를 받아 내기 위해서였다.

"근처에서 당분간 일할 만한 곳이 있을까요?"

내가 묻자 남편 쪽에서 무릎을 탁 치며, 몸을 앞뒤로 기기묘묘하게 흔들었다.

"그래도 집에 가야 되는 거여. 부모 말 잘 들어야지."

아내 쪽에서 소리치며 차비는 있느냐고 덧붙였다. 나는 당연지사 없다고 얘기했다. 그러자 현찰 삼만 원을 집 안 어딘가에서 가져왔다. 그러더니 남편에게 고속버스 터미널까지 나를 바래다주라고 지시했다. 난 현찰을 다시 돌려주며 말했다.

"당분간 돌아가신 할머니 댁에 살면서 일을 할 작정입니다. 차비는 괜찮습니다. 감사합니다."

남편 쪽에서 잠시만 기다리라는 말을 남기곤 마을 안쪽으로 발걸음을 옮겼다. 얼마 뒤 백발이지만 나이는 오십 전후로 되어 보이는 남자와 함께 왔다. 삼만 원은 그대로 자연스럽게 주머니에 집어넣었다.

"이 친구 쓸 수 있는 겨?"

"젊은 친구구먼. 나야 좋지만, 뭐 하는 친구인지는 알아야제."

나는 백발노인에게 사정을 대강 설명했다. 그는 내게 동물을 좋아하느냐고 물었다. 나는 그렇다고 대답했다.

"소랑 염소인디… 뿔을 연마기로 밀면 되는 겨."

「이상향」

나는 버스에서 꾸었던 꿈이 떠올랐다. 그래서 백발노인에게 염소를 좀 구경할 수 있겠느냐 물었다.

염소는 축사에 있지 않고, 잡초와 민들레가 뒤엉킨 들판에 풀어져 있었다. 소는 축사에서 자꾸만 음매 음매 울었다. 나는 왠지 온몸에 힘이 빠져나가서, 서 있기도 힘들었다. 때마침 염소 두 마리가 머리를 들이박고 싸우는 바람에 백발노인이 자리를 떴다. 그 틈을 타서, 나는 아까 전 샛길 쪽으로 도망쳤다. 그리고 세 시간 정도, 다시 북쪽으로 걸었다.

해안가를 낀 허름한 마을이었다. 작은 침례교회 주위를 어슬렁댔다. 나의 실재는 아직껏 동네 주민들에게 무감각했다. 전도사에게 나의 활동이 발각되고 자의식에 침입자라는 살이 붙기까지, 이곳에서 내 신분은 호부를 가릴 수 없는 무체였다. 전도사가 외부인의 출현을 달갑게 맞아들였다 한들, 내 목적성에 대한 자각이 스스로를 침입자로 자인했으며 동시에 전도사라는 타자에 의한 의식감이 나를 완전한 침입자로 귀결시켰다. 이 때문에 스스로를 침입자라 일컫던 나의 내밀한 비밀에 체념의 물감이 칠해졌고, 나는 눈에 더 잘 띄는 불투명한 침입자가 되었다. 결국 침입자의 표식을 외부로 끌어내 버린 건 전도사다. 전도사는 두루뭉술한 심성으로, 눈에 선 이방인인 내게 과히 사근사근했는데, 그가 주변 사물에 별 신경 쓰지 않는 성격을 지녔더라면 나의 존재는 그저 지나가는 길고양이쯤으로 그쳤을 거다. 전도사의 낙관적인 성미는 나를 모든 성도에게 소개하는 과잉 친절함으로 이어졌다. 되도록이면 이곳에서 멀리 벗어나야 할 필요가 있었다. 왜냐하면 이곳 주민들을 염두에 둬 버린 이상 첫인상을 말쑥하고 선량하게 유지해야 했기 때문이다. 폭력으로 교회 사람들을 제압하고 헌금함을 털 게 아니라면, 항상 선하게 웃고 있는 작태를 부려야 했다. 헌금함은 내게 도벽 정신을 불러일으켰다. 그러나 진작 나쁜 마음을 먹고 있었어도 정말 그들을 무력으로 다스려 헌금함의 돈을 도둑질할 수는 없었다. 적어도 미소의 가면을 쓰고 있으면 그들은 빈틈을 보인다. 그럼 그들과 정분을 나누는 사이, 암암리에 돈을 훔쳐 달아날 수 있다. 나중 가서 범인으로 지목될 공산은 크겠지만, 그들과의 교제로 형성된 사사로운 감정이 나를 믿음의 이불로 슬그머니 덮어 줄 것이었다. 애당초 전도사의 접근이 없었더라면 그들과 친교하지 않았을 테고, 죄의식을 느끼지 않았을 텐데.

"아쉽게도 저는 정식적인 성도가 될 수 없습니다. 한곳에 오랫동안 정착할 형편이 안 됩니다. 돌아가야 할 집이 있으니까요."

목사는 주보 함에 이방인의 이름표를 붙이던 참이었고 나는 전도사를 포함한 다른 성도들과 둘러앉아 다과를 들었다. 교회의 재산을 누리고 있음에 이곳의 주인인 목사가 내 통고를 듣지 못한 게 영 아쉬웠다. 목사가 곧 다과 자리에 합석하게 되면 성도들은 나의 방문이 처음이자 마지막임을 일러바칠 것이고, 목사는 일회성 상봉을 마뜩잖게 여겨 나를 쫓아낼 명분을 온당히 생각할 것이다. 그러나 전도사와 성도들은 목사에게 곧바로 나의 귀환에 대한 외침을 삼갈 것이므로, 헌금함의 위치만 사속히 파악한 뒤 자리를 뜨면 되었다. 자리를 뜨려는 동태를 내보이면 목사는 일어나 악수를 건네고, 다음 주일에도 출석하기를 요할 것이다. 그럼 나는 이곳에 돌아올 수 없다는 작별 인사를 건네면 된다. 그럼 목사는 아쉬움의 기의 때문에 나를 붙잡아 두려고 할 것이다. 서로 얼굴을 붉히지 않을 수 있다. 헌금함은 강대상 뒤쪽에 가려져 있다.

밤이 다가왔고, 불법적인 침입 없이 교회 정문을 통해 장내로 들어가려 했다. 교회는 잠겨 있었다. 주먹으로 문을 연신 두드렸다. 몇 분이 채 안 돼서, 사복 차림인 목사가 문틈 사이로 슬며시 모습을 드러냈다. 목사는 놀란 기색으로 문을 활짝 열어젖히고 어쩐 일이냐고 물었다. 나는 야간 기도를 올리러 왔다고 말했다. 목사는 반색하며 참을성 없이 나를 안으로 들였다.

교회 내부는 어두컴컴했다. 장의자엔 두 사람이 고개를 숙인 채 앉아 있었다. 뒤태의 맵시가 고운 중년 부인과 홀쭉한 남성이 앉아 있다. 부인은 내게 목례를 보냈다. 남성은 나를 뚫어져라 쳐다봤다. 나는 그들보다 뒤쪽에 자리했다. 목사는 앉아 있는 내 어깨를 툭 치곤 주보를 가져다주었다. 목사에게 야간 예배는 몇 시까지 하느냐 물었다.

"박명까지 기도를 드립니다. 설교는 따로 없습니다. 편하게 기도드리다 가시면 됩니다. 우린 모두 죄인입니다. 용서와 회개의 기도를 올리세요."

"그러겠습니다."

지난날의 날짜가 인쇄된 주보를 읽으려 애썼지만 깜깜한 탓에 글자를 알아볼 수가 없다. 허리를 굽혀 앞쪽 장의자에 머리를 박고 코끝을 주보 지면에 맞댔다. 인중을 강하게 찌그려서야 글자의 획을 겨우 알아볼 수 있었다. 그 순간, 무영등의 반경 속에서 꿈틀대는 장기처럼, 획들이 자리를 잡더니 그것이 단어이자 문장으로 나타났다. 도리어 불시의 눈부심은 내 시력을 일순 앗아 갔다. 검정 잉크의 글자들이 다시 또렷이 보이기까지는 일촌광음에 그쳤다. 몸을 놀려 빛의 반경에서 빠져나가서야, 정면에 앉아 있던 남성이 손전등을 비추고 있는 걸 보았다. 남자는 일견 그림자처럼 보였을 뿐, 그가 손전등의 밝기를 최대로 줄이자 지척의 사람도 까무잡잡한 잔상처럼 그려졌다. 남자는 흡혈귀처럼 빛을 피하는 내 기동을 보고 자신이 수고를 공쳤다며 사과했다. 나는 당신이 손전등의 빛 세기를 죽여 놔서 두 번 헛물켰다고 나지막이 부르짖었다.

나의 눈이 어두운 장내에서 혼명을 구분할 수 있게 되자, 남자의 얼굴이 면면히 보였는데, 화가 치밀 만치 못생긴 남자였다. 한평생 남에게 빈축을 살 만한 외모의 사람을 본 적이 없었다. 그런데 미추를 가리지 않는 사람조차, 이 면목가증한 낯을 보고 유령을 보기라도 한 듯 줄행랑쳐 버릴 정도이다. 그야말로 잡상스러운 얼굴 조직에 움푹 팬 눈, 쌍꺼풀이 진하게 나 있고 무턱에다 광대는 돌출형이어서 도깨비를 연상케 했다. 꾀죄죄한 옷차림과 숱이 많은 머리는 추레하게 뻗쳐 있다. 이처럼 조악하고 꼴사나운 면상으로 나를 바라보는 게 꺼림직했다. 나는 주보로 눈길을 돌렸다. 그러자 나한[5]이 내 옆자리에 앉아 우리는 나란히 됐다. 나는 황급히 담뱃갑을 주머니에서 빼내 밖으로 나갔다.

우미한 밤하늘 어딘가에서 사라져 가는 연기를 바라보며 깊은 한숨을 내뿜었다. 타향에 있는 나의 존재감

---

[5] 겉모습이 못생긴 남성

이 이곳에 온 목적에 대해 곰곰이 통찰하게끔 했다. 어머니께서 "남자로 태어나 돈을 구할 생각보다는 벌 생각에 골몰해라" 하고 말씀하셨지만 그 말씀엔 항상 반감이 들었다. 날이 선선하고 바다가 아름다워서 이런저런 생각이 감상적으로 떠올랐다.

"사활이 걸려 있는 기분. 당신을 한시라도 놓치게 되면 저는 그 자리에서 혀를 깨물렵니다."

흠칫 놀라서 목소리의 진원지를 살폈다. 어느 순간엔가 나한이 내 뒤에 와 있다. 달빛에 그을린 그의 얼굴을 보노라면 장내에서보다 더욱 청승맞게 보였다. 그는 내게 한 발짝씩, 슬슬 다가왔는데 한쪽 다리를 절었다. 손가락은 새 다리처럼 말려 있었다.

"장애가 있습니다. 태어날 때부터 이랬어요. 낮에 저를 보셨어요? 동좌에서 다과를 들었는데, 날 쳐다보지 않던데요."

"못 봤습니다."

"여기엔 호텔이나 민박이 아예 없어요. 밤이 무르익을수록 추위도 심해지고. 잘 곳은 있어요?"

나는 없다고 말하고 그의 옆을 공손히 스쳐 지나 교회 쪽으로 걸었다.

"낮부터 쭉 교회에 있었어요. 혹시나 당신이 또다시 올까 봐 기다리려고 했어요."

"하지만 주일이 아닌걸요."

나는 그를 등진 채 대꾸했다.

"따뜻한 곳을 알고 있어요. 오늘 밤은 거기서 주무세요."

나는 싫다는 한마디를 던져 주고 교회로 들어갔다. 그는 나를 뒤쫓으며 당신이 돌아가면 편지를 쓰겠다고 속삭였다. 나는 초면인 동성에게 도대체 뭣 하러 편지를 쓰느냐고 열띤 어조로 다그쳤다. 그는 내게 바짝 밀착해 귓속말하듯 말했다.

"사실 남자를 좋아하죠? 동성애자는 낌새에 민감해요. 사실 어젯밤 몽정하다 아랫도리가 배필로 삼을 만한 남자의 전조를 느꼈어요. 당신이 낮에 나를 발견했더라면 틀림없이 반했을 텐데."

성 정체성이 올바른 남자들이 괴상하게 생겨 먹은 동성애자를 몸성히 내버려둘까? 통상적인 남자들은 게이

「이상향」 113

의 개념이 투영된 선입관으로, 편견이 빚어낸 색안경 너머로, 게이들의 신변에서 살심의 근원지를 찾아낸다. 남자들이 동성애자를 취급하는 태도에서, 자신의 이성애자적인 뇌력은 그 동성의 괴물에게 대항하기보다 저항해야 하며, 여기서 마조히즘적인 성적 수치감을 느낀다. 마치 더러운 밤나방을 봤을 때처럼, 본능적으로 무엇에 대한 정의를 내놓을 수 있는 사고력과 감관에 냉각수를 흘려보내고, 그 틈을 타 도망친다.

성 정체성에 혼란이 없는 남자들은 동성애자에게 간택당할 불안감보다는, 동성애자가 자신만의 호텔 뒤란에서 본인을 상상하며 심은 꽃 정원으로의 초대장을 건네는 종용적 인정, 그러니까 동성애자인 내가 진작 머릿속에서 당신과의 절정을 맛보았다는 끔찍한 청사진의 고백을 무서워하는 거다. 동성애자의 막돼먹은 초대장은 자신이 묵는 객실로의 초대를 뜻하며, 보통의 남성들은 그 자리를 박차고 일어난다. 하지만 나는 동성애자에 대한 고정 관념이 냉각수의 급수전에 손 대기 전에, 자신의 목적을 상기하며 얼마쯤의 굴욕은 감내할 준비가 된 용맹한 패자처럼, 일종의 정신력으로 동성애자를 용인했다.

동성애자의 첫 번째 인식이 밤의 열차처럼 순식간에 광속으로 사라지자, 그 후방에는 동성애자에 대한 색다른 인식의 평원이 펼쳐졌다. 동성애자들이 자신들을 향한 온 세상 남자들의 진노를 알아채고 은닉하기 전, 그들은 적전지에서의 동맹군이자 우군인 다른 동성애자들이 살아 숨 쉬며 지구상에 동존하고 있다는 사실을 염두에 둘 뿐이다. 더 이상 자신들의 정체와 신분을 밝히며 이성적 대상, 즉 보통의 남자들과 사교할 수 없다. 게이들은 인식의 평원에서 외로움을 탈 수밖에 없는 노릇이다.

길거리를 걷다, 카페에서 책을 읽다 발견한 일반 남성의 견본품을 상상의 힘으로 모본하곤, 꿈처럼 불가능 없는 세계인 인식의 평원에서, 그들과 동침한다. 예컨대 동성애자들은 본디 사랑이란 교제의 도상에서 잉태되는 것이며, 사랑에 준하여 시작되는 연정은 실상으로 존재하지 않는다는 사상을 펼친다. 왜냐하면 그들의 삶과 색욕은 먹구름에 가려진 하늘 위인데 그곳에 일반 남자가 있을 순 없으며 그들은 동류항인 상대만으로 욕구를 충족하고, 그런 동류항과는 사랑의 낭만을 책임져 줄 운명적 만남이 결코 일어나지 않는다는 걸 맹신하고 있기 때문이다. 그들은 게이라는 표지가 달린 클럽에 드나들지 않을 수 없다는 것이다. 사랑은 결코 클럽에서 성사될 수 없다.

나한이 내 육체를 탐하고 있으며 오랜 시간 동성적 임자를 찾아 헤맸다는 걸 단박에 눈치챌 수 있었다. 나한이 염원하는 운명적 만남은 오랜 세월 성사되지 않아, 이제 나한은 사랑의 시초를 어떻게 다뤄야 할지에는 무심했고, 반반한 남자가 있으면 저돌적으로 접근하고 보는 거다. 이런 무쪽같고 키도 작은 남자를 남녀 불문하고 거들떠볼 리 없다. 또한 이 나한은 자신에게 닥친 일생일대의 기회이자 연줄을 놓칠 리 없다. 나는 그윽한 미소를 입가에 떨쳤다. 사랑에 기인한 믿음은 사랑이 포화에 이를 때까지 그 신의를 보장하지 못한다. 하지만 나한은 막무가내로 내게 다가왔다. 이 거침없는 바보는 좋아하는 감정이 사랑이란 이름으로 무르익는 것을 중요하게 생각지 않으며, 내 육체 앞에서 무엇이든 할 준비가 돼 있는 성의 노예였다. 하물며 나한에게 사랑이란 감정을 충분히 감득게 하면, 그는 광적으로 흥분하여 혀라도 깨물 지경으로 내게 충성하는 것이다. 난 사랑의 장난을 부릴 최적의 기회가 왔음을 인지했다.

일부러 등 언저리를 긁적여 옷이 들춰지면, 나한은 옷 뒤에 감춰진 내 맨살을 흘겼다. 가벼운 신체 접촉은 어영부영 허용해 주는 편이 나았다. 곡괭이가 없던 광부에게 그것을 쥐여 주면, 광부는 미친 듯이 바라던 일을 한다. 소원하던 곡괭이를 손에서 떼어 놓지 않고 어떤 광물이든 캐려 끝없는 괭이질을 시전한다. 나의 존재는 나한에게 곡괭이와 같다. 동시에 내 속살은 나한이 괭이질로 얻는 첫 번째 광물이다. 광부가 결코 괭이질을 멈추지 않듯이 나한은 나의 등살을 빗떠 보는 것만으론 만족하지 못한다. 둘 사이의 기류가 뇌쇄적인 분위기를 풍길 때까지 나한에게 추파를 던졌으며 나마

저도 동성애자의 외로움을 떨치는 날을 고대해 왔다고 거짓말했다. 나한을 내게 푹 빠지다 못해 안달 나게 하려 온 신경을 쏟아부었다. 나한 쪽에서 화대라도 지불하겠다는 아주 경망하고 추잡한 말이 나올 때까지, 그에게 박진감과 섹스의 가능성을 엿보여 줬다.

"나를 위해 어떤 위협도 무릅쓸 수 있나요? 사실 이러한 만남을 고대하며 운명의 여행을 시작했죠. 나는 이제 당신과 함께할 겁니다. 지금 당장 따뜻한 곳에서 둘만의 사랑을 나눕시다."

나한은 열락에 이른 눈물을 터뜨렸다. 그는 "오! 주여"라고 외쳤다.

"며칠 동안 제대로 된 식사를 못 했어요. 사실 무일푼이라 복숭아 농장에 몰래 들어가 그것을 서리하며 끼니를 연명했죠. 그 농장이 당신 부모님의 소유는 아닐 테죠?"

나한은 후후, 웃으며 자신 가족 소유의 농장이거들랑 그 지분을 내게 선물하겠다고 말했다. 난 그의 재산을 타진하기 위해 이 교회에 헌금을 자주 하느냐 물었다.

"저는 헌금을 오래전부터 습관처럼 해 왔죠. 어떨 땐 큰돈을⋯."

"그러면 됐습니다. 저는 좀스러운 사람은 질색입니다."

나한은 어쩔 줄 몰라 하며 자기가 어떻게 하면 좋겠느냐고 간절한 어투로 애원했다.

"그럼, 우리의 순정은 보루로 남겨 두고, 훗날 서로가 믿음으로 충만할 즈음, 당신에게 신호를 보내겠습니다. 그땐 제게 감격스러운 입맞춤을 해 주세요. 그때까지 견딜 수 있겠어요? 우선 귀향한 다음, 사랑의 편지를 올리지요."

"난 당장에 당신과 동거할 수 있어요. 우선 제 거처로 자리를 옮기면 모든 일이 순조롭게 잘 풀릴 텐데!"

나는 나한의 뒤통수를 차분히 쓰다듬었다. 나한은 계속해서 내 육신을 더듬길 시도했다. 그런 손짓이 역겨워 뒷걸음쳤다. 나한에게 편지를 전송할 주소를 나직이 퉁겨 주었다.

"주소를 읊어 보세요."

나한은 별안간 잊어버릴 거 같다며 불안감을 호소했다.

"날 위한다면 주소를 암기해 주세요. 당신에게 몰래 알려 주는 암호 같은 거예요. 둘만의 사인은 메모할 수 없고 기억의 양태로 뇌리에 보존될 수 있는 거예요. 만약 이 암호를 까먹으면 우린 저기서 재봉합시다. 제가 다시 올 때까지 기다릴 수 있겠어요?"

나는 어두운 바다에서 넘실대는 부표를 가리키며 말을 맺었다. 이처럼 성립된 연분을 축복하려면 서로가 바다에 몸을 던지는 대고사를 치르고 사활을 건 시련을 구태여 만들어 내지 않으면 안 된다고 강조했다. 사랑의 명운을 관장하는 건 오직 하느님뿐이며 인연의 존속을 볼모로 내놓아 위험천만한 시험대에 오르길 자청해야 한다는 잔인한 거짓말도 덧붙였다.

"상면이 없는 사람과 숙명적 만남이 이루어졌다면 그야말로 천의天意인 겁니다. 하느님의 시여자로 채택되었으니 상호 순결을 탐하기 위해서는 그에 대한 대가를 치러야 해요. 유물론적 사상을 가졌다면 물질적인 제물이 필요할 테고 유심적인 사상을 가졌다면 제 발로 시험대에 올라야 합니다. 하지만 당신의 목숨을 위태롭게 하고 싶지 않습니다. 그렇다면 유물론적인 방면으로 하늘에게 보답할 도리밖에 없는데, 제겐 남은 돈이 없으니까 큰일입니다."

일단 바닷길을 따라 걸으며 이 난제에 답을 놓자는 나한이 내 손목을 잡았다. 나는 그의 팔을 뿌리치며 아직은 때가 이르다고 단언했다. 그는 이제 내 신체 부위 어디에라도 손대길 자제했다. 난 아쉬운 대로 술을 마시는 건 어떠냐 물었다. 이지러진 달이 참으로 아름답게 빛나는 하늘 아래에서, 나한은 기쁨에 겨운 조바심으로 절절맸다.

"술이라!"

"거나하게 취하지 않게 주의를 기울여야 합니다. 우리는 별안간 전인미답의 수렁에 빠져, 서로를 영영 놓칠 위험이 코앞에 닥쳐 있다는 걸 직시해야 해요. 우리 앞에 놓인 사랑이 언제까지나 선연히 보일 거라는 착각은 사랑의 힘이 어떤 도취든 이겨 낸다는 유혹의 입속 말입니다. 곧장 술을 마시는 건 파고를 가늠할 수 없는 물결에 몸을 맡기는 거랑 같아요. 예상할 수 없는 앞날에 우리의 사랑을 저당 잡힐 순 없습니다. 그래도 술을 마시고 싶다면 우린 혼신을 다해 일심동체가 되어야 할 겁니다."

나한은 술이 둘 사이의 평화를 훼방토록 내버려두지 않겠다며 굳게 맹세했다. 설혹 우리가 술에 당해 파도에 휩쓸리더라도 내 손을 놓지 않겠다고 가슴에 손을 포갰다. 난 일순 업화가 치밀어 정신이 아득해졌다. 술이 조성하는 선정적인 공기를 기어코 들이마시겠다는 나한의 흉금을 거둬 볼 수 있었기 때문이다. 사실 사랑의 시초에 의무적인 조건이란 존재하지 않는다. 사랑에 당한다는 건, 사위에 만발한 예쁜 꽃에 감동하는 것보다도 속전으로 이루어진다. 하지만 사랑을 그럴싸한 감상으로 뒤바꾸려면 그것에 험난과 역경의 오물을 끼얹어야 한다. 이 같은 재난에서 보람을 익히게 되면 사랑은 끈적한 더미가 되어 기고 나는 벌레들의 보금자리가 된다. 그 벌레의 이름은 신이 가장 사랑한 딱정벌레다.

영속될 길 없는 사랑의 유의미성은 이별의 시대에 이르러 동경심을 가중케 하는 질료 역할을 한다. 종국에 이르러 사랑은 그리움의 시대로 변혁을 맞이한 연인 간의, 별천지에서의 쓰라린 통증의 원천이다. 사랑에 그 나름 도통한 나는 나한에게 이것들을 차근히 설명하며 걸었다. 한참을 걷고 걸었다. 네온사인 십자가가 첨탑 위에서 빛을 밝히는 또 다른 침례교회에 다다라서, 나는 멈춰 섰다. 나한의 오른손에 과일주 여섯 병을 담은 봉지가 들렸다. 나는 고개를 좌로 돌려 나한에게 눈빛을 던졌다.

"운명이란 파도에 몸을 던질 준비가 됐나요? 그 파도가 우리를 밀고 나가는 곳엔 죽음과 삶이라는 극단이 도사리고 있습니다. 어쩌면 무인도로 쓸려 가 그곳에서 새로운 살림을 꾸릴 수도 있겠지요. 난 분명 경고의 엄포를 놓았습니다!"

나의 유도신문이 나한에게 무시무시한 경종으로 다가왔을 리 만무하다. 비록 추상의 언어일지라도 앞으로 일어날 모든 일을 암시했기에, 이를 해석하지 못한 나한이 재앙 전부를 끌어안게 된다. 나한은 앞장서서 나를 이끌었다. 키가 작은 나무와 지피 식생으로 무성한 낮은 둔덕의 어귀에서 더욱 깊숙한 어디론가 들어갔다. 발치에서 간헐적으로 바스락 소리가 났다. 발밑을 보면 딱정벌레가 짓뭉개져 있었다. 우리는 정상 언저리에 뿌리를 내린 둥치에 앉았다. 나한은 정신이 나간 듯 술 뚜껑을 돌려 깠다. 그는 술 여섯 병을 모조리 개봉했다.

"뭐든지 간에 음식을 남기면 벌을 받으니까, 우리는 이 술을 홀랑 마셔 버립시다."

음식을 남기면 벌을 받는다. 이런 일종의 약점을 악용해 나와 한밤을 보내겠다는 나한의 용의주도함에 경악을 금치 못할 즈음, 나한은 내가 술을 한 방울이라도 흘리는지 계속해서 흘겨보겠다고 농담을 던졌다. 그것이 나한과의 마지막 대화였고, 나는 취기 때문에 험난한 파도에 몸을 던졌던 것이다.

* * *

그해, 가을이 턱끝까지 차올라 모두가 겨울을 준비하는 태세를 갖출 즈음, 나는 구태의연하게 타자기를 두드리고 여자와의 원무를 한시라도 뇌리에서 떨쳐 내지 않았다. 한결같은 삶은 무미건조했다. 잠에서 깨어나 아침밥을 먹고, 저녁이 되면 저녁밥을 먹은 뒤 잠자리에 들었다. 내가 당도하고자 하는 꿈의 대지와 거리가 먼 생활을 한 건, 돈이라는 위로금 덕이었다. 나한에게 뜯어낸 돈이 적어도 십 년간은 내게 무위도식한 생활을 허여했기 때문에, 글쓰기에 집중할 수 있었다. 일확천금이 선사하는 당분간의 여유에 도서관을 나올 때마다 기쁨에 충만한 기지개를 켰다. 나한에겐 정확히 매주 수요일마다 익일 특급 우편을 붙이라 일러 두었다. 목요일에 우편함을 확인하고 편지를 빼돌려 가족이 알아차릴 수 없게끔 아주 멀리서 읽곤 했다. 고성에서 귀향하기 전, 반드시 수요일에만 우편을 붙이라는 경고에 사랑을 담보로 내놓았기 때문에 나한은 그 약속을 철석같이 이행했다. 그리고 겨울이 될 때까지, 이런 생활을 반복했다.

때론, 삶에서의 발견은 난데없이 엉뚱한 곳에서 일어난다. 찾고자 하는 진주를 반드시 조개의 입속에서 얻으려는 방법은 끝끝내 보석상으로 우리를 이끈다. 하지만 진가의 참맛을 느끼려면 우리는 잠수복을 입고 천길

만길 깊은 바닷속으로 헤엄쳐 들어가지 않을 수 없다. 접근성을 이야기하는 게 아니다. 미역 줄기를 따려다 이따금 값진 진주를 발견할 수도 있는 삶의 우발과 조우를 이야기하는 거다.

돈에 대한 포만감이 나를 집필 작업이 이루어지는 탁자와 밀접하게 만든 이래에는 여자를 상상 속에만 두었을 뿐이었다. 길가에서 그녀들의 실물이 완연한 성의 탐욕으로 나를 유혹해도 나는 그저 갈 길을 갔다. 글을 한 자씩 써 내려가기 위한 진땀 나는 노력은 해종일 성경을 정독토록 했다.

소싯적 왕왕 염탐하고 그만치 갈구했던 건너편 건물 창가의 여색이었지만, 오늘날 내 시야는 엉뚱한 길체의 나무 응달에 놓여 있었다. 그리고 시간이 지날수록 그런 그늘에서의 발견을 숱하게 했다. 난 드리워진 그늘을 어제의 응달이라고 일컬었다. 여기서의 어제란, 자궁에서의 분만과 삶으로부터의 종적을 감추려는 죽음의 대극에서 그 시작과 끝이 모호하고 어쩌면 불리는 이름만 다른 극단에서, 미래로부터 내려앉은 어제이며, 과거로부터 거세게 밀려든 어제였다. 난 시공간적 원근이 불분명한 어제의 응답에서 시시때때로 몇 달 전까지 학수고대했던 여성들이, 마치 사창가에서 자신의 성을 매수하려는 남성을 기다리듯 늘어서 있는 것을 보았다. 하지만 나는 문학에 주도면밀히 미쳐 있었고, 내 삶에서 유의미한 업적의 거울 앞에 모습을 내비친 건 파란색 표지의 국판형 소설책 한 권이었다. 설혹 간밤에 그녀들과의 황금기를 머릿속으로 그리며 성대한 축제를 벌였다 한들, 어제의 응답에 내 실체를 드리워지게 할 수는 없었다. 여차한 신념은 응답에 놓인 '무의미의 산물'을 힘써 들어 올릴 수 없다는 나의 뜻을 점진적으로 공고히 했다. 가령 내가 그녀께로 발길을 돌리면, 나중에 가서 황금빛 그림자에 파묻힌 소설책 한 권을 그 응답에서 목도하는 날이 올 거고, 나는 복구할 수 없을 만큼 성의 괴물로 변절해 있을 게 분명하다.

어느 날 수도에 들를 일이 있었다. 거창한 용무는 아니고, 소수의 정원으로 꾸려진 독서 모임에 참여하기 위해서였다. 이 출처 없는 국제적 독서 모임엔 작자미상의 시인과 메이저 출판사에서 주최한 공모전에 연달아 당선된 인문학 작가도 있다고, 그녀가 말해 주었다.

"단 몇 개의 조건만 충족하면 이 비밀스러운 독서 모임의 일원으로 대우받을 수 있지. 문재文才를 해득하고 문예에 천분이 있는지를 검사받는 거. 그자들은 문학적으로 구체화되지 않는 시인을 기피하거든. 난 일본 니이가타시로 온천 휴양을 떠났다가 밤이 돼서 여관을 몰래 빠져나갔는데, 그러다가 으스스한 재즈 바에 들어갔고… 패택처럼 소슬한 재즈 바 내부에는 너덜거리는 주류 반액 세일 포스터가 사방에 붙어 있더라. 포스터 일면에 작게 쓰인 불가사의한 문자가 눈에 띄어서, 언어가 통하지 않는 재즈 바 직원 하나에게 어렵사리 뜻을 물었어. 'a private gathering…. Reading… international'이라고, 그 직원이 말해 줬지. 국제적 비밀 독서 모임."

그녀는 그런 독서 모임이라면 자신의 환심을 사고도 남는다고 했다. 일본에 있는 동안 그 국제적 독서 모임이 아직도 현행되고 있는지, 궁금해서 견딜 수가 없었다고 내게 말해 주었다.

"뒤져 봤지만 아무런 정보도 검색되지 않았어. 일본

어가 미숙하니까 손쓸 도리도 없고, 그래서 귀국 날을 기다린 거야."

그녀는 한국으로 돌아오는 비행기에 오르기 전까지 온천욕에 푹 빠져 있다, 정작 한국에 돌아와서는 일본에 대한 향수 때문에 기요의 독서 모임을 새까맣게 잊어버리고 지냈다고 말했다.

"물론 가끔씩 떠오르긴 했어, 그 독서 모임. 근데 비밀스러운 무언가를 알아내기 위해서는 이런저런 접근법으로 고역을 치러야 하는 법이잖아. 비록 그것이 현대사회에서 위험천만한 모험이라곤 할 수 없겠지만, 이따금 귀찮아서…."

그날 그녀가 헤어지기에 앞서 내게 해 주었던 말 그리고 그녀와 나 사이에서 오고 간 대화가 우리를 폐관한 여관으로 이끈 것, 또다시 묵을 만한 곳을 찾으려 떠도는 우리가 이제 관능적으로 트였음을 신호하는 자명한 기류, 상점에서 파는 상처 없이 깨끗한 딸기, 이것들이 서울역 광장 한복판에 서 있는 내 머릿속에서 아름다운 추억처럼 떠올랐다. 마치 그날의 달밤 아래 환희에 찼던 나한처럼 박진감이 일었다. 당시 그녀와 보조를 맞추며 걷고 있을 때, 내가 일본 소학교에 다니는 여학생이 낯선 늙은이에게 겁탈당하는 얘기를 꺼냈던 걸 상기했다.

"고요한 분위기, 하교한 학생들의 시끌벅적한 잔음이 가시지 않아서 그 창고에는 흰소의 여세와 사후 잔영의 어렴풋한 현기眩氣가 동존했어. 그래서 그 여학생은 혼몽해져 비틀댔어. 자기를 잡아먹기 전, 탐색 차원에서 몸을 더듬는 늙은 추행자에게 저항하지도 못한 채로. 결국 꼼짝도 못 하고 자신의 순결을 늙은이에게 바친 거야. 그림자와 볕이 더불어 존재하는 그 창고는 곰팡내가 풍겼지."

말을 맺자 밤하늘에서 새들보다 낮게 나는 비행기가 지나갔다. 그녀는 대중 욕탕의 입구가 환락가의 홍등처럼 타오르고 있는 저만치를 묵묵히 응시했다. 이편에서 저편으로 날아가는 비행기를 눈으로 쫓다 보니 저공비행하는 기체가 헛것처럼 보였고, 그대로 그녀의 시선을 쫓다 보니 울렁울렁 욕지기가 났다. 어두운 하늘 속 환영과 대조되는 화려한 욕탕 입구가 상호 극명한 꿈의 한 장면처럼 느껴져서, 그 자리에서 그녀를 몹시 포옹

하고 싶었다. 그간 생에서 회억했던 여자들은 실존 인물이 아닌, 모조리 꿈에 등장한 유령이었다. 난 그녀라는 출신지의 사랑이 나의 심중에 어김없이 방문한 것을 통감했다. 아무튼 우리는 대중 욕탕 카운터에 앉아 꾸벅꾸벅 졸고 있는 문지기에게 이르기까지, 아무런 대화도 주고받지 않고 천천히 걸었다.

서울역까지 도보로 오 분도 채 안 되는 거리에 있는 호텔방 하나를 예약했다. 애리애리한 남녀가 화를 삭이지 못하고 로비의 푹신한 의자에 앉아 있었다. 관리인은 급히 어디론가 전화를 걸고 있었다. 승강기가 일 층을 알리며 다른 관리인이 카운터로 다가왔다. 그녀는 내게 미안하다고 말했고 인원수를 물었다. 나는 "한명이요"라고 답했다.

"엘리베이터에서 떨어진 객실로 드릴까요? 층수는 어디가 편하세요?"

"저층으로 주세요. 감사합니다."

405호실에서 초밥을 주문해 시장기를 면하고 상의를 탈의한 상태로 침대에 퍼질러 담배를 물었다. 새하

얀 이불이 반듯이 개켜 있고 호텔다운 방향제 냄새에 이곳이 수도의 호텔임을 떠올렸다. 불이 붙지 않은 담배를 도막 내어 침대 옆 선반에 올렸다. 담배 가루가 침대 위로 우수수 떨어졌다. 모임은 서울 변두리에 있는 노영지에서, 자정에 있었다. 곤한 낮잠에 빠져들었는데, 어릴 적 죽은 막냇동생이 꿈에 나오는 바람에 잠에서 일찍 깨어났다. 시야엔 호텔 방 천장밖에 담기지 않았다. 한동안 멍하게 객실의 지붕을 쳐다봤다. 웃통을 벗고 있는 까닭에 허리 아래가 왠지 어색하게 느껴졌을 때에야 바지와 팬티까지 벗느라 그 마성의 천장에서 눈길을 돌릴 수 있었다. 그러자 그녀 생각이 났다. 선잠에서 나른하게 깨어난 통에 특별히 할 것도 없어서, 서울숲을 산책했다.

오후 열 시경, 그녀와 약속한 장소에서 정시에 만났다. 비둘기 서너 마리가 바닥을 쪼고 있는 철교 아래, 구두닦이가 가판대 옆에 비스듬히 기대어 가두판매하는 행상인과 얘기를 나누고 있었고 규모가 작은 족구장의 서치라이트가 빛을 이곳 철교 밑까지 떨궈 주었다.

본새가 영락없는 주정뱅이들은 철교 기둥 아래에 신문지를 깔고 막걸리에 취해 있었다. 그녀는 교복 차림에 책가방을 한쪽 어깨에 걸메고 서서 내게 눈짓으로 신호를 보냈다. 내가 그녀를 알아챈 기색을 내보이자 그녀는 대뜸 나로부터 등을 보이고 걸었다. 나는 빠른 걸음으로 그녀 옆에 다가섰다.

"모임 시작까지 대략 두 시간 남았어. 시간을 어디서 때워? 참고로 문제 해결에 대한 방안을 제시했을 때, 상대방이 자신도 모르겠다며 나의 의혹에 달라붙는 게 무척 꼴 보기 싫어. 내가 공감대 형성 때문에 물음을 한 게 아닌데, 상대방은 매번 '나도 모르겠어. 너 말대로 무얼 하지?'라는 식으로 대꾸하니까. 짜증이 치밀어."

나는 야간에도 운영하는 카페로 그녀를 데리고 갔다.

"근데 너, 호텔을 잡은 거야?"

"안 돼. 검사가 철저한 호텔이야. 자칫하다 경찰에게 출동을 요청할지도 몰라."

그녀는 내게 무슨 생각을 하느냐 따졌다. 나는 조금 전 내가 한 말을 곱씹었다. 그녀는 생각지도 않은 동반 입실을 나는 진작부터 염두하고 있었던 거다. 그녀는

「이상향」

이런 면에서 내게 순진하게 다가왔다. 그녀에게 도대체 호텔을 잡은 걸 어떻게 알아챘느냐, 물었다.

"네게서 막 바로 씻고 나온 냄새가 나는데, 호텔 특유의 샴푸 냄새야. 그리고 난 이렇게 초주검인데 넌 방금 씻고 나온 사람처럼 뽀송뽀송하잖아."

하늘엔 실처럼 가늘고 고운 구름 몇 점이 떠다닐 뿐이었다. 그녀는 물 한 바가지 끼얹은 사람처럼 물초였다.

"땀을 흘린 거야?"

"응."

"호텔에서 씻고 나올 수 있어. 물론 난 호텔 일층 로비에서 기다릴게. 몸이 깨끗해지면 마음도 알아서 경건해지고…."

그녀는 고개를 가로저었다. 까딱하면 오해를 살 만한 행동을, 이 중대한 독서 모임에 앞서 행하는 경거망동한 짓은 오히려 자신의 마음을 불편하게 한다는 그녀의 말이었다. 그녀가 카페의 문을 열고 내가 뒤따랐다. 주황색의 은은한 전구가 위에서 아래로 늘어뜨린 거미줄 끝에 간신히 맺혀 있는 물방울처럼 천장 곳곳에 매달려 있었다. 분위기 좋은 카페였고, 클래식이 흘러나왔다. 손님은 우리뿐이었다.

"대망의 자정이야. 우리는 남은 시간을 허투루 허비할 수 없어."

그녀가 말했다.

"그리고 사실 나, 이 독서 모임을 너에게는 두 번째 참여라고 말했지만 처음이야. 첫 경험의 야릇한 분위기에 내 심장이 요동하는 것처럼, 나 무지 떨려."

"자, 그럼 이제는 말해 줘. 비밀에 휩싸인 독서 모임을 무슨 수로 찾아냈는지."

그녀는 거의 오 분 동안 망설였다. 틀 없는 로마식 시계가 벽면에 붙박여 째깍댔다. 나의 참을성은 그녀가 말을 꺼내기까지 그 효력을 다했다. 오 분이 지나 기다림도 지칠 대로 지쳤다.

"알겠어. 말하고 싶지 않으면 관둬."

난 가방에서 데카르트의 『방법서설』을 꺼내 제 16규칙이 쓰인 페이지를 폈다. 소설적 문체의 아름다움이라곤 찾아볼 수 없는 난해한 철학서였다. 난 책장 일면에 쓰인 문장을 차근히 곱씹으며 불가해한 뜻을 나의 한물간 견문과 합선하려 했다. 하지만 묘한 문장을 공감하고 성찰하기까지, 그 신비로운 기도문 같은 데카르트의 법칙에 초점을 맞춘 해상력이, 이 불온한 문장들 대신 그녀의 육감에 집중하길 바라는 것처럼 느껴졌다. 나의 감각은 그녀의 몸에 관심을 기울였다. 어여쁜 그녀는 구슬픈 눈초리로 턱을 괸 채 책의 일면을 바라보고 있었다. 난 그녀의 눈가에 맺힌 눈물이 전구가 뿜는 빛으로 반사되는 걸 보았다. 그녀의 눈물은 고교 시절 첫사랑이 나의 파렴치한 배신을 부드러운 웃음기로 씻어 내린 때를 환기하게 했고, 그 시절의 그녀에게 잊을 수 없는 추억을 만들어 주겠노라 언약했음을 떠올리게 했다. 이에 관련된 슬픈 생각들이 떠올라 복장이 타올랐다.

"그러고 보니 그런 이야기를 했네. 어릴 적, 분명 실내였지만 그곳이 내 고향인지는 모르겠어. 실내에서 밤하늘의 은하수를 보았지. 몇몇 별들이 부풀면서 달보다 커졌는데, 동요도 흘러나왔고…."

내가 말했다.

"너에게 해 주고 싶은 말은, 여자가 한 마음에 남자를 품는다면 그 남자는 이미 충분히 아름답다는 거야."

그녀가 말했다.

난 그녀의 볼을 꼬집었고, 과거 풍경은 딱 거기에서 그쳤다. 나는 현재를 살아가는 내 앞에서 슬픔을 당한 그녀의 볼을 어루만졌다.

"눈에 초점이 없네. 무얼 생각하고 있어?"

그녀는 코를 훌쩍이며 옷소매로 눈가를 훔쳤다. 그녀의 볼을 매만지던 내 손길은 그녀의 머리카락을 귓등으로 넘기고 뒤통수를 향해 갔다. 그녀는 두 손으로 눈가를 비볐다.

카페의 시계가 오후 열한 시 삼십 분을 쳐서 우리는 그곳을 빠져나왔다. 잠자코 걸었다. 그녀와 나는 천막 표면으로 불길이 타올랐다 사그라들었다 하는 걸 보면서 어쩔 줄 모르고 서 있었다. 그런 천막이 수없이 산재해 있는 대형 노영지였다. 우리는 16이라는 숫자가 적힌 천막을 찾으려 허둥지둥 배회했다. 대기에서 고기 굽는 냄새며 왁자지껄 떠드는 술 취한 사람들의 흥이 떠돌았다. 이윽고 16번 천막을 찾았다. 그녀는 나를 내버려두고 어디론가로 달려갔다. 얼마 지나지 않아 관재인과 함께 그녀는 돌아왔다. 관재인은 모닥불을 피우는 법과 이 프라이빗한 공간에서 금기되는 수칙을 몇 가지 일러 주고 은근하게 웃으며 자리를 떴다.

"곧 사람들이 올 거야."

그녀가 말했다.

그러나 자정이 지나서도 이곳엔 우리 둘뿐이었다. 논쟁의 회합에서 패배한 우정이 서로의 존재 가치와 중요성을 형이상적으로 절감하게 하는 것처럼, 우리는 논리적인 어휘력을 가진 압제자의 영특함에 압도당해 혼이 나간 것처럼 덩그러니, 세상에 우리 둘밖에 남지 않아 사랑 이외에는 나눌 대화가 전무한 언어도단의 상태로 묵연히 패소를 인정했다. 이런 생각이 불시에 닥치자 무능한 남자의 어깨에 기대어 잠이 들 참인 그녀가 못내 가련히 여겨졌다.

난 아까 읽던 제16규칙을 다시 읽기 위해 팔라당 책장을 넘겼다. 그러자 16번 천막과 제16규칙의 동일성에 대한 예감에 사로잡혔다. 한 치 앞을 내다볼 수 없는 인간의 근시안적 사정거리가 지구, 달 그리고 태양이 일직선상의 배열에 놓이는 월식의 찰나에, 생의 한가운데에서 때론 산술적으로, 산수 과정에서 월식의 일순간을 미리 예측하는 것처럼, 나는 이 독서 모임이 계산되었음을 예감의 편력, 혹은 번뜩임으로 깨달았다. 난 그녀가 미연에 이 월식의 현장에서, 앞날에 어떤 남녀가, 어느 16번 천막에서 둘만의 밤을 보내리라는 예감의 구덩이에 몸을 던지는 장면을 상상했다. 이쯤이면, 그러니까 몰각이 무르익을 때까지 천애지각에 놓인 그녀와 내가 그들이 출석하지 않음을 몰인정한 태도로 받아치지 않고, 거짓말쟁이인 그녀와 이미 자명해진 그녀의 거짓됨을 숙연히 받아들이는 나의 태평함이, 이제 우리의 남은 과제가 한 가지라고 일러 주었다. 새벽 한 시가 지나고, 두 시가 지나서도 묵언을 유지하는 나의 유순함에서, 그녀는 자신이 모태가 된 거짓말이란 괴물의 등에 한 용사가 용서의 칼등을 번쩍이며 그 칼끝을 깊숙이 아주 깊숙이 꽂아 넣는 묵시록적인 광경을 보았다. 그녀의 거짓이 부른 참변의 예고편은 아무쪼록 깔끔히 모면되었으며, 그녀는 보다 연약하고 무구하며 바보 같은 추녀로 재탄생했다. 그녀가 잉태한 괴물을 이 용사가 말끔히 청산해 주었으니, 그녀는 어리숙하고 자기 실수의 뒷감당을 맡은 용사에게 애교 서린 앙탈로 보답하며, 그녀는 이제 용사에게 여자의 보배가 잔뜩 쌓인 보고를 개방한다. 나는 내 어깨에 머리를 기댄 그녀의 어깻죽지를 감싸며 그녀의 젖가슴을 주물렀다. 그녀는 차분히 자기 육체로 내 손길을 받았다.

아침이 밝아 와서, 우리는 주섬주섬 옷을 주워 입었다. 그녀는 꾀죄죄한 몰골을 내게 보이지 않으려 등을 보였다. 난 그녀를 뒤에서 포옹했고, 다시 한번 젖가슴을 만졌다.

우리는 서울역에서 헤어졌다. 그녀가 떠나고 나서도 나는 집으로 향하는 열차 시간표를 보지 않았다. 서울역 근처 골목에서 담배를 피우며 그녀와의 첫 만남을 생각했다. 낯선 여성, 그것도 미성년인 여성에게 접근한다는 건 상식 밖에서의 감행이었다. 그녀는 교복 치마 대신 체육복 바지 차림으로 멀뚱히 서 있었다. 저돌적으로 이성을 유혹하지 못하는 나의 수줍음에 반기를 든 건, 천재일우의 기회를 놓칠 수 없다는, 일생일대의 순간에 분출되는 상식 밖에서의 기백이었다. 나는 그녀를 꼬실 만한 웅변가가 아니었다. 탁월한 외모도 갖추지 못했다. 하지만 그녀와의 연대 의식이, 이미 완성형이라는 믿음을 출발지로 삼았다. 난 출발지에서 노다지 허송세월을 흘릴 수 없는 꿈꾸는 자였고, 그때 하늘에서 가장 빛나는 별이 화르르 타오르는 걸 보았다.

"쓸쓸해서 못 견디겠어요. 용하게도 버텨 내고 있는데, 이건 도저히 사는 게 아닌 거예요. 포기하고 싶어요."

난 시간 따위 넉넉해 보이는 그녀에게 달려들어 다짜고짜 이야기를 꺼냈다. 그녀가 나의 존재에 익숙해질 때까지, 했던 말을 거듭했다.

"쓸쓸해서, 견딜 수가…."

당연지사, 그녀는 무턱대고 '여자 친구를 사귀세요!' 하고 외치지 않는다. 그런 평범한 여자라면, 애당초 다가서지 않았을 거다.

"죽을 수도 없어요. 부모님의 사랑과 젊음의 혈기가 허물기 일보 직전인 내 성城의 바닥을 힘겹게 지지하고 있습니다. 나는 내 주체에 해당하지 않는 것들이 날 위해 힘들이는 걸 외면하고 있어요."

걷기 쉬운 길로 접어드는 식상한 부류. 아마 우주의 멸망이 도래해도 무사無事의 표시로 소멸할 안식의 길과, 그 보통의 길과 동떨어진 길을 걷는 존재들. 그녀와 나는 우리가 그들과 다른 길로 접어들 수밖에 없는, 이 불가피한 행운이자 저주에 순응하는 유령이란 걸 아주 잘 이해했다. 그녀는 이같이 말을 꺼냈다.

"행복과 불행의 사이엔 척력이 있다고 하던가요. 제 신세도 당신과 엇비슷해요. 우리의 세상에선 불행의 기운이 행복과의 틈바구니에 있는 질긴 자성을 거세게 치고 올라, 행복을 암흑천지처럼 어스름하게 물들여요."

나는 그녀 뒷말을 술술 이었다.

"행복감이 누그러들면 그 부재에서 나오는 상실감이 막심하여 저를 괴사시키지요. 사랑하는 이의 품에 안겨 있으면 한시름 놓이겠다만, 그 사람을 여러 차례 만나러 갔어도 우연히 마주친 일이 없었어요."

그녀가 다시 내 말을 아주 자연스럽게 이었다.

"아, 그 사람은 당신의 존재조차 몰라요. 그 사람, 아니 그녀가 살 수도 있고 살지 않을 수도 있는 미상의 거주지인 낙토를 당신은 어정버정 배회할 뿐이죠? 당신은 그녀가 낙토에 살고 있다는 예감을 느꼈고, 그 예감만으로 사랑이 움트기까지 미상의 화분에 물과 비료를 주었죠. 우연히라도 그녀와 마주치면 그녀를 푹 껴안고 소리 죽여 흐느낄 생각이죠?

같은 여자로서, 낯선 남자의 추행에 가까운 접근을 호방하게 수용해 줄 여자가 몇 있겠냐만은, 당신 같은 사람의 신변에서 겉도는, 형용할 수 없는 신묘한 인상은 상대방의 눈에 이물감을 주어 유령의 형상을 보게끔 하거든요. 만약 당신이 그리운 마음 때문에 알싸하게 취하면 낙토의 물상은 당신이 취기에 방황하는 걸 보고 '이런, 또 그리워하고 있군' 하고 동정하며 당신을 부추겨 줄 것이어요. 낙토의 하늘이 당신의 그리움을 대신해 비를 흘리고, 먹구름이 하늘을 뒤덮으면 그녀는 그

「이상향」 143

런 음울한 광경을 보고 언제든 낯선 남자를 따뜻하게 안아 주리라는 마음으로, 소위 너울가지를 가지고 길을 걸어요."

그녀의 말에 감탄하지 않을 수 없었다. 난 그녀에게 부응하기 위해, 빠른 어조로 말했다.

"나의 감상이 천지에 호소하여 하느님이 알고 나무가 알고 겨울이 알고 하늘이 알아, 그녀란 유령에게 선험의 영상을 미리 시사해, 내가 스쳐가다 그녀를 와락 껴안아도 그저 내 등을 토닥여 줄 뿐이겠죠! 영검과 신험. 나의 기원대로 뜻하는 바가 이루어지는 건 자연의 공감 덕택일 수도 있어요."

"당신이 서글피 울어 자연이 멍울을 다스린다는 원론적인 구조보다, 교외별전을 통해서 당신의 슬픔에 동감하는 삼라만상이 운명의 탑을 축조하고 거기에 등대지기를 세웁니다. 그리고 그 등대지기가 당신에게 비추는 불빛이 당신이란 유령에게 형체를 부여해요. 그녀와의 기가 막힌 찰나를 부흥시키기 위한 협조인 거죠. 당신이 울면 바람이 흔들려 나뭇잎이 이리저리 나부끼고,

그것을 그녀가 쳐다보면 낙토의 모든 물질에 뒤틀림이 일어납니다. 그녀와 당신은 그렇게 자연의 징표를 따라, 경이로운 표식을 따라, 등대지기가 비추는 불빛 안에서 조우할 수 있습니다."

"참말로 보고 싶고 껴안고 싶지만, 모르겠습니다. 막상 사랑하는 이를 목격하더라도 물상이 그녀를 허락하지 않으면, 나는 또다시 우주와 하늘을 원망하며 낙공의 삶을 살겠지요."

그녀는 의아한 표정을 지었다.

"당신은 조금 전 우리의 이야기를 이해하지 못한 건가요? 사랑하는 이를 목격한다면, 그건 그야말로 일반인이 운수가 좋았을 뿐이며 물상이 그녀를 허락하지 않는 이상 당신은 그녀와 조우할 수 없잖아요!"

"맞아요. 그렇죠. 근데 제 호소를 귀담아들어 주세요. 내 유령은 당신의 유령보다 훨씬 불행하고 더 저주받았거든요. 한편으론 그녀와의 만남이 수포가 되면 차라리 다행이에요. 사랑이 불행의 화마에 불살라질 때의 고통을 사전에 방제하는 셈이니까요. 당신은 왜 사랑이 불행의 화마에 덮쳐지는지, 굳이 설명하지 않아도 알겠죠. 예수님은 이타심과 희생, 관대한 용서가 사랑의 주점이라 말씀하셨는데 십자가에 못 박힌 희생을 통해 궁극적인 사랑을 보여 준 예수님처럼 저도 매시 복장에 대못이 박히는 사랑의 속량을 당하고 있어요. 나의 속량이 과연 하느님의 희생정신과 동일한 점이 있냐고 의구심을 품을 수도 있겠지만."

한 번 더 그녀의 낯에 의미심장한 빛깔이 드리워졌다. 가슴이 미칠 듯이 답답했다. 그녀는 자신이 성경을 공부하지 않았다고 말했다. 우리 유령의 혼백에 하늘의 이야기가 간섭하게 되면 괜히 골치 아파지고 일반인의 육체로 영원 회귀를 할 수 있다고도 말했다. 나는 그녀의 말을 무시하고 할 말을 던졌다.

"개성의 뿌리가 온 세상의 남자와 여자에게 닿기 전, 이들은 각각의 단종 생명체였습니다. 만천하의 여자는 하와요, 만천하의 남자는 아담이라는 의미죠. 나는 모든 여자이자 하와를 그리워하는 셈인데, 여성과 남성이 서로에게 필수 불가결 한 존재라면, 나는 일반적으로 내쏟는 사랑을 저 혼자서만 하고 있으므로, 사랑을 퍼붓는 자의 쓸쓸한 고독을 아담 쪽에서 감수한 거예요. 또한 친구를 위하여 자기 목숨을 버리면 이보다 더 큰 사랑이 없다고 성경 말씀에 나와 있어요. 저도 마찬가지로 사랑하는 그녀를 위해 죽을 각오는 되어 있습니다. 더불어 관대한 용서도 하느님께서 일곱 번이 아닌 일흔일곱 번을 말한 것처럼, 사랑하는 그녀가 내 앞에 나타나지 않는 죄악을 되풀이한들 반사적으로 용서를 거듭하며 쉼 없이 길가를 방황하는 나의 인심은 그야말로 관대한 용서인 것입니다. 모든 영혼은 통하는 길이 있습니다."

그녀는 나더러 미친 소리를 지껄인다며 욕을 토했다. 그녀는 나보다 몇 살 아래였다.

"그럼 당신이 그리워하는 그녀가, 곧 제가 될 수 있다는 말인가요? 거 봐요. 성경 말씀이 당신의 유령을 세뇌해서 미쳐 버렸잖아요."

"당신을, 그동안 찾아 헤맸습니다. 저는 드디어, 그리운 그녀에게 육박했습니다. 이렇게 제 눈앞에 있습니다. 저의 고생은 그동안 해 왔던 방황을 궁극적인 예로 들어 설명할 수 있을 겁니다."

골목에서 빠져나와 그녀를 쫓았다. 놓칠세라 빠르게 걸으면서 조금 흐느낀 거 같다. 하지만 인천행 열차는 구 분 전에 떠났다. 난 다시는 그녀를 만날 수 없다는 걸 알았다. 서울역 광장 한복판에서 애타게 그녀 이름을 속삭였다. 하지만 주변에는 바쁜 현대인들이, 나에게 눈길조차 던질 시간 없는 회사원이며 학생들이 한시바삐 자신의 목적지를 향해 걷고 있었다.

초겨울의 낌새가 가을 하늘에서 유색할 즈음, 나한에게 갈취한 돈이 내 생활적 표면에 멍 자국을 새기기 시작했다. 그의 경제력을 모조리 빨아먹은 셈이어서, 이제 나한 쪽 집안도 쿠린 냄새를 맡았는지, 나한을 타박하고 돈의 영문을 추궁하는 지경까지 가 버렸다. 일금 삼억이 넘는 거액이었고 물론 내게 가책 따위는 심중에도 없었다. 나한은 끝없이 내 육체를 탐했지만, 나는 사랑이 메마르는 원천은 육체적 교미에 있다고 그를 설득했다. 나한의 사랑이 더 이상 나를 향하지 않는다면, 나의 부귀영화도 막을 내릴 것이었다. 나는 나한에게 '때가 되면'이라는 장래의 암시만 줄 뿐 결코 입맞춤도 허락하지 않았다.

 십이월 중순, 정확한 일자는 떠오르지 않는다. 그녀에게 몇 통의 편지를 속달했지만 회답은 받아 볼 수 없었다. 이별의 비애를 겪은 자들이 그러하듯, 나는 술이며 약에 의존하며 하루하루를 보냈다. 설상가상 나한에게서 뜯어낸 돈이 사기죄라는 죄명을 부여받았다. 검찰로 송치되는 바람에 우리 쪽 집안도, 나한 쪽 집안도 초비상으로 난리가 났다. 부모님께 범절이나 존대에 대한 예의를 빈말에라도 지켜 본 적이 없다만, 이 무지막지한 돈의 배후에 나의 사기극이 감춰져 있다는 사실을 모르시는 부모님께, 이 경망스럽고 더러운 돈의 출처를 경어체로 밝히지 않으면 안 되었다. 가뜩이나 부채에 허덕이시던 아버지는 아연실색하며 눈가가 촉촉해지셨고, 어머니께서는 자약하게 나를 타이르셨지만 그때 내 눈에서 감돈 죄스러움의 빛이 거짓됨을 묵인했을 거다. 나보다 한 살 아래인 남은 동생은 병역의 복무를 이행하느라 검은돈의 배경에 대해서는 까막눈이었다. 요행

히도 신실한 맹신자인 조모의 기도가 하늘에 닿았는지, 나한의 부모 되는 사람들은 그리 각박한 족속이 아니었다. 다만 나한의 형이 문제였는데, 변호사였다. 나에겐 이별의 슬픔과 부모님께 빚을 일임한 죄업을 감수하고 원상태로 돌려놓고자 하는 의지나, 격변하는 감정을 추스를 능력이 없었다. 입원 환자들이나 복용하는 정신과 약을 한입에 털어 넣고, 그저 바깥바람을 맞으며 산길을 세차게 뛸 뿐이었다. 그녀의 따뜻한 품이 그리웠다. 실로 추웠다. 몸과 마음 전체가 얼어붙듯 아렸다.

상황은 극에 치달아, 내 능력 밖의 저 멀리 경계까지 가 버렸는데, 아버지께서 내가 유형지에 수감되는 건 진정 원치 않으셔서 가족의 보금자리를 담보로 내놓으며, 육 개월 안에 빚을 갚겠다는 공증을 법률사무소에서 쓰셨다. 배은망덕이라는 글자를 가슴속에 수없이 새기며 하루하루를 보냈다. 한편으로는 그녀가 무척 그리웠다. 일장춘몽 같았던 가을의 향수가 밀려들어, 그야말로 산 채로 불살라지는 듯했다. 당장 일자리를 구해 봐야 하는 처지였건만, 역시 그녀를 뇌리에서 떨쳐 낼 수 없는지라, 다시 카페나 도서관을 두리번거리며 아무

길가를 배회했다. 일을 하다 보면 왠지 그녀가 불현듯 떠올라, 눈물이 왈칵 쏟아질까 봐 못 했다. 심약한 예수의 종.

 며칠이 지나고, 혈안이 된 눈으로 무박 삼 일 동안 글을 써 내려갔는데, 거기에는 예수에 대한 힐난이나 하늘의 존귀를 격하하는 식의 악담이 쓰였다. 학창 시절 하늘이 내 가슴에 심어 넣은 홀씨가 심장의 살갗을 뚫고 발아하였는데 알고 보니 그 꽃은 악마의 움틈과도 진배없다고 자각할 즈음, 하늘에 손가락질하며 울부짖고 살려 달라며 빌 즈음, 하늘에 대고 하는 합장은 그때가 마지막일 줄 알았다. 하지만 오늘날 다시 이런 거대한 시련의 씨앗을 심장에 심어 주시니, 내 인생은 가히 하늘에게 앙심을 품을 수밖에 없는 것이다. 난 실로 기대감도 컸다. 혹여나 이 불공정한 정신질환을 별 다른 이유 없이 내게 가하신 것이라면, 까딱하면 탈선하거나 자칫하면 자결할 수도 있었던 작은 양이 끝까지 생존한 걸 대견하게 여겨 하늘에서 보상을 허여할 수 있는 것이라면, 나는 그 작은 보상을 기대하고 있었다. 그런데 이렇게 사랑하는 혈육들 눈에서 피눈물을 흘리게 하시니, 일

가족의 몰락을 주관하시니, 나는 이것이 대체로 "하늘 탓이 크다"라고밖에 소리칠 도리가 없었다.

오! 갈빗대에 살도 얼마 붙지 않은 어린양을 몇 번이고 죽이실 생각입니까! 아버지는 매일 속삭였다. "할 수 있어, 할 수 있어"라는 말을 하루 종일 혼잣말로 반복하시는데, 아버지도 드디어 미친 게 아닌가 싶었다. 굳건하며 강한 정신력의 상징이었던 아버지가! 여차해도 난 일을 할 생각이 없었다. 그녀가 보고 싶어 질까, 그게 두려워서. 난 참으로 나약하고 철면피한 괴물 중의 괴물이다.

겨울, 그것도 아주 추운 겨울날. 앙양의 영감이라곤 도저히 떠오르지 않는 혹독한 추위 속에서, 나는 밤의 개운함을 가르며 계속 끝없이 질주했다. 나는 미래로 향하는 급행열차에서 갓 이십 대에 접어든 나의 미숙하고 여린 영상이 비껴가는 걸 보았다. 유령의 언어를 구사하는 그녀들을 어디서나 찾을 수 있다는 희망 때문에 눈물이 흘렀다. 몽중이며 현실이며 이상향 속에서, 예감의 형언할 길 없는 감개에 후줄근하게 젖을 때면 그녀들을 만났다. 그녀들은 상징과 추상의 외투를 입고 내 앞에 나타났다. 그러나 그녀들은 별안간 사라지거나, 떠나거나 소멸했다. 그럼 난 다시 사색에 잠겨 봄바람에 적셔지고 여름의 무더위를 견디고 가을의 매캐한 낙엽 내를 음미하며 겨우내 사사로운 수기를 쓴다. 수신인은 바다에게서 수기에 쓰인 말을 대신 듣게 된다. 내가 바다에게, 그토록 아름다운 글을 읽어 주었기 때문이다.

그녀에게

만산이 홍엽으로 물든 가을날, 아름 속으로 품어 넣듯 가을 전부를 담은 사진 너머, 나는 당신 곁에 있습니다. 지금 와서 식상한 사랑 이야기를 늘어놓는 건 새로울 게 없으니, 그날의 영상은 뇌리에, 회포는 심장에 아로새겨 놓고 싶다가도 우리의 연정이 서로의 행복을 충만케 할 무렵, 정분으로 졸인 웬 덩이가 오늘날에 이르러서까지 가슴의 환부를 짓누르는 탓에, 온몸 구석구석이 배기고 염증이 나는 통에, 나는 물살을 거스르는 고기 떼처럼 장대하게 혹은 비상하게 몸부림을 쳐야만 합니다. 손끝이 곱아 오고 입술은 허옇게 부르트며 괜스레 방 안을 바장이곤 하는데, 소주 한 병을 단숨에 나발 불고 나서야 겨우 안식을 찾아 잠자리에 들죠. 간밤에 말뚝잠 잤던 작은 탁자에 도로 앉아 당장의 편지를 씁니다만, 현상된 사진에 눈길을 던지고 있자니 당신이 해사하게 웃는 바람에 나도 입가에 생기를 떨친 모습이고, 우리가 방실거리기에 단풍도 미소하는 모양이라, 복장이 심히 달아오릅니다. 한 장의 사진 속, 우린 분명 더불어 있으나 이제 와서 그때를 회상하니 나는 홀몸으로 단풍을 구경하는 초라한 객인의 처지에나 걸맞은 듯싶습니다. 정말이지 산행 길에서 보조를 맞추려 안간힘 써 봐도 단풍객들과 앞서거니 뒤서거니 추격전을 하느라 당신과 거리감이 생기고, 낯선 이의 몸체에 가려져 등져 가는 당신을 사정거리에서 놓치기도 하고. 시뻘겋게 물든 산을 감상할 새도 없이 검질기게 뒤따라 봤자 모르는 이와 어깻죽지가 부딪히거나 신발 끈이 풀리는 바람에 여간 애를 먹었지요. 당신은 나를 기다려 주지 않고 거침없이 산을 올랐어요. 정산이 지척일 즈음, 당신이 개척되지 않은 산중 샛길에 발 들여, 드디어 우리가 나란히 서게 되었을 때에야, 마치 뒤에서 죄어 드는 벽이 멈추기라도 한 듯 쫓는 자의 긴장감은 사라지고 거칠게 토해 내는 심호흡만이 내게서 나타날 뿐이었습니다. 내가 간헐적으로 호흡을 토하고 있을 때, 발돋움하고 톡 꺾은 단풍을 건네며, "송백은 사철 내내 푸르러 낙엽 질 줄 모르고 시종여일하여 단풍객들의 눈길조차 받지 못한다"라고 슬픈 표정으로 말했던 당신의 모습이 선연히 떠오르네요. 난 분명 이렇게 대답했지요. "당신이 아름다운 단풍 산을 톺아보지 않고, 허깨비에 홀린 듯 산을 탄 이유가 단풍이 미워서인가요?" 당신은 얼마간 물음에 아무런 대꾸도 하지 않았지만, 내 쪽에서 참으로 가을과 어울리는 여자라고 부끄러운 마음으로 일러 주었을 때엔 무언가 싱거운 표정으로 아주 해맑았어요. 그제야 당신은 한결같이 푸르른 소나무가 무척 안타까워서 그랬다고 답했지요. 여느 계절에도 돋보이지 못하며 이렇다 할 열매도 맺지 못하니까. 나는 거기다 대고 단풍을 미워할 까닭은 없지 않느냐 반문했고, 당신은 결코 올해의 단풍을 감상하며 황홀경에 전율하는 것보다, 소나무를 위해 단풍에 눈길조차 던지지 않는 게 훨씬 중요하다고 말했습니다. 그 뒤로 당신은 가을만 되면 유난히 소나무를 올려다보고 싶어질 것만 같다고 했어요. 우리는 다음 가을을 맞이하기 전에 헤어졌지만, 당신이 혐의하는 가을은 그대로 오고, 솔잎이 돋아나는 봄도 그대로 오네요. 그나저나 당신이 단풍을 따 준 지도 많은 시간이 흘렀어요. 지금

밖에선 외풍이 불고 비켜 내리는 함박눈이 창문 너머로 보입니다. 당신이 계신 곳도 눈이 내리길 바라며.

사함私函 겨울의 끝에서

「 봄꿈의 향수 」

　　사로잠도 취하지 못한 아손은 요 근래 일력을 세어 본 일도 없다. 세간에 대한 무관심 속에서 권태로운 일간을 보낼 뿐이다. 하루가 몰각에 이르면 잠에 빠지고, 아침에 일어나서는 상투적인 산책을 나섰다. 아손이 성의를 가지고 몰두하는 무언가가 있다면 그것은 하루가 일단락됐을 때, 그날의 일과를 종이에 풀이하는 작업이다. 아손은 산림 관사의 채광창 밖으로 쏟아지는 함박눈을 바라보며 오늘 하루를 거슬러 올랐다. 경찰의 출동, 저항하는 들개, 망자의 편지, 허물어진 벽돌집. 아손은 지금쯤 재로 변했을 시체를 생각하고, 낑낑거리고 있을 검은 들개를 떠올렸다. 밀폐된 방에서 촛불이 흔들린다.

한결같은 숲 내에서 들려오는 소리나 현상은 매한가지이다. 계곡물 흐르는 소리가 들리고, 솔방울이 떨어져 지면과 부딪치는 소리, 야생동물의 울음소리가 들린다. 아손은 산림청장으로부터 상명이 하달되어 특무를 맡고 있었는데, 산내 목조 관사에서 기거하는 독거노인을 방문해 뒷바라지하는 일이었다. 아손은 오늘도 노인을 방문하기 위해 낙엽송 길을 걸었다. 기온이 급감한 한겨울의 이른 아침. 길 양변에 방치된 폐건물의 유리창에는 잎사귀 모양의 성에가 껴 반투명하게 반짝였다.

 아손은 자연의 정체 속에 잠겨 들어 길을 거닐었다. 겨울을 나는 족제비며 오소리가 기척을 내며 달음박질할 때, 그것들을 보는 것의 묘미는 꽤나 흥미로웠다. 아손이 외부의 자극에 잠식되어 있을 무렵, 검은 들개가 길 위로 나타났다. 아손은 사족으로 우두커니 서 있는 들개와 시선을 교환했다. 아손이 숨을 죽이다, 흰 반점 하나 없이 온통 시커먼 들개를 저 멀리 쫓아냈다. 소리침과 동시에 앞발을 굴렀더니 들개는 태연하게 낙엽송림의 깊은 지점으로 자태를 감췄다. 아손은 방금 전 검정 들개가 사족으로 서 있던 지점에 멈춰 서 지면을 내려다보았다. 그곳에는 주름살투성이 노인의 살갗을 방불케 하는 허물이 떨어져 있다. 어느 모로 보나, 그 허물은 인간의 가죽 같은 익숙한 질감에 상당한 세월을 맞아 물기를 잔뜩 머금은 모양새다. 아손은 미심쩍은 기분이 되어 그 허물을 되는대로 던졌다. 그러자 어디선가 검정 들개가 쏜살같이 달려와 허물을 물고 다시금 숲속으로 숨어 버리는 게 아닌가. 들개는 저만치에서 허물을 물고 귀를 쫑긋 세웠다. 아손은 오랜 세월 동안 인간의 발걸음으로 다져진 낙엽송 길을 벗어나 완전한 숲의 형태를 하고 있는 미개척의 세계로 진입할 각오를 해야만 했다. 들개는 앞장서 무난하게 걷기 시작했고, 아손은 은근히 떨리는 심정으로 들개를 뒤따랐다.

 들개와 아손은 산과 산 사이의 골짜기를 걸었다. 산중이 깊어질수록 산의 울림과 문명과의 괴리감으로 두려움만 커져 갔다. 골짜기에서 올려다보이는 능선에는 노루나 삵이 빠른 속도로 뛰어다녔다. 들개는 다른 생명체를 전혀 신경 쓰지 않았다. 들개는 주목朱木에서 떨어진 빨간 열매의 냄새를 연신 맡다가 이내 관심이 식었는지 다시 제 갈 길을 가곤 했다. 아손이 신비로운 숲의 풍경에 연신 감탄했기 때문에, 그 독백을 들은 들개는 고개를 치켜들고 아손을 쳐다봤다. 아손은 어서 길을 안내하기나 하라는 듯이 손을 대충 흐느적거리며 앞길을 가리켰다.

울숲의 움푹 파인 중앙에는 평원을 연상케 하는 벌판이 넓게 트여 있었는데, 넓이가 얼마나 광범위한지 여태까지 들개와 걸은 거리가 평원의 반지름에도 미치지 못한다는 자각이 들자, 아손은 울숲의 광대함에 압도되어 초라해졌다. 평원의 한가운데에는 허물어진 단칸의 벽돌집이 자리하고 있었고 울짱이 그것을 에워싸고 있었다. 역한 비린내가 아손의 인중 아래로 풍겨 왔다. 산짐승의 배설물 냄새가 섞여 있고 아손이 시취를 맡아본 적은 없지만 인간의 살이 곪았을 때 나는 지저분한 악취도 섞여 있었다. 들개와 아손은 내리막을 지나 평지의 땅거죽에 사뿐히 당도했다. 들개는 평지에 이르러서 이제 자신의 임무가 끝났다는 듯 벌러덩 드러누워 잔디에 몸을 비볐다. 들개가 더 이상 어디론가 걷지 않았기 때문에 아손은 평지 저만치, 반쯤 허물어진 벽돌집이 도착지라는 것을 알아차렸다.

 오백 미터가량 걷자 아손은 벽돌집 앞에 다다랐다. 주변 땅을 유심히 살펴보니 들개의 배설물처럼 보이는 형체의 덩어리들이 널려 있었다. 악취는 점차 짙어졌다. 울짱은 세워진 날짜를 가늠할 수 없으리만치 오래되어 균열이 있고 군데군데가 눋어 변색되어 있다. 이끼도 끼어 있다. 아손이 울짱을 타 넘는 도중에 그 부실한 울타리는 신기할 정도로 맥없이 으스러졌다. 그것은 고정된 것도 아니고 마냥 세워져 있기만 한 것이었다. 아손은 그런 울타리를 별난 듯 바라보다 문득 지면에 떨어진 무언가를 설핏 봤는데, 아까 전 자신이 멀리 던져 버렸던 허물과도 비슷한 것이었다. 하지만 생김새나 테두리의 찢어진 형태는 전의 것과 판이했다. 비로소 두 번째 허물을 보고서야 아손은 확신을 내릴 수 있었다. 허물이 인간의 피부라는 것을. 다음과 같은 결론이 내려지자 진원지를 알 수 없는 악취 또한 자연스레 증명됐으

「봄꿈의 향수」

며 당장의 냄새는 부패가 진행된 인간에게서 나는 시취가 분명했다. 아손은 벽돌집을 망연히 쳐다보며 내부로 진입할지 어쩔지 고민했다. 결심이 서지 않았다. 아손이 얼마간 좋지 못한 안색을 하고 망설이자, 엄두를 못 내고 있던 그의 옆으로 들개가 다가왔다. 들개는 그의 옆에서 멈추지 않고 수활하게 벽돌집 내부로 들어갔다. 벽돌집 내부에서 둔탁한 소리가 났다. 아손은 들개가 발생시키는 소리에서 망자의 비명 소리가 들리는 듯싶었다. 전후 상황과 여러 요인들이 조성하는 분위기에 짓눌려 뒷걸음질하지 않을 수 없었다. 아손은 제자리에서 빙그르르 뒤돌아 울짱 밖으로 빠져나갔다. 빠른 걸음으로 걷기 시작했는데, 그의 상상력이 자꾸만 풍부해지고 어떠한 원려와 맞물릴수록 그는 진력으로 달렸다.

아손이 평지의 가장자리, 그러니까 내리막의 시작점에 이르렀을 때, 벽돌집에서 개 짖는 소리가 천지를 공명하리만치 크게 들렸다. 아손은 그 소리에 반사적으로 뒤돌아봤다. 들개가 입에 물고 힘겹게 끌고 나온 무언가를 보았다. 아손은 들개가 안간힘 쓰며 물어 당기는 무언가를 판별할 수 없었다. 너무 먼 거리를 달아났던 것이다. 아손의 뇌리에서 공포와 시름의 얼굴을 하고 있었던 미상의 무언가가 멀리서 보았을 때에는 그저 시커먼 물체에 불과했기 때문에 더 이상 보이지 않는 것에 대한 두려움은 사라졌다. 아손은 그것을 물고 자신에게로 뛰어오는 개 쪽으로 다시, 천천히 걸었다.

 인간의 두피와 성근 머리카락 그리고 온몸의 수분이 탈수된 시체의 앙상한 뼈. 아손은 개가 끌고 나온 무언가를 알아본 순간, 굉장히 놀랐다. 두 다리가 한차례 부르르 떨리더니 힘의 절반 이상이 빠져나가서 균형을 잃고 넘어졌다. 시체의 안면은 일부가 함몰되어 두골이 완전하지 못했고, 꽉 쥐고 있는 긴축된 손에는 길쭉하고 두꺼운 연필이 쥐어 있다. 이상하게도 발과 발목 그리고 종아리 아래 신체 부위에는 피부 가죽이 뼈와 유착되어 있지 않고 날카로운 도구로 발라 낸 듯 뼈의 표면이 훤히 드러나 보였다. 아손은 혀를 내빼고 침을 흘리는 검정 들개를 쳐다보았다.

 "네가 알리려고 한 게 이것이니?"

 아손은 조금 전 겁을 집어먹었을 때와는 사뭇 다른 차분한 어조로 들개에게 말했다. 그러자 들개는 입을 다물고 코로 숨을 쉬었다. 아손은 시체와 들개를 번갈아 보며 이 난물들을 무슨 수로 처리해야 할지 곰곰이 생각해 보다, 저 멀리 벽돌집을 속절없이 바라볼 수밖에 없었다. 괜스레 헛웃음이 나왔다. 그가 웃자 들개의 양 귀가 쫑긋 세워졌다. 그는 들개의 실팍한 머리통을 여러 번 쓰다듬고, "이 사람은 잠시 여기 내버려둬"라고 말한 뒤 허망한 심정이 되어 벽돌집 쪽으로 걸었다. 아손은 매장되지도 못하고 홀몸으로 구체久體를 하고 있는 시체 앞에서 심히 다소곳해졌다. 검정 들개는 아손의 흉금을 훤히 꿰뚫어 보기라도 한 듯 죽은 이의 옆자리를 지키고 앉아 그의 뒷모습을 눈여겨보았다.

벽돌집 내부를 보니 시체의 안면이 함몰된 이유와 다리 부위의 살이 왜 그토록 벗겨져 있는지 예상할 수 있었다. 침대의 베갯머리에는 축조된 벽돌 한 무더기가 떨어져 있다. 아마도 벽돌집의 파편을 맞고 타박상으로 사망했으리라. 들개는 무거운 벽돌 무더기에 짓눌린 안면으로부터 몸체를 빼내기 위해 발치에서 그 남자의 몸을 힘껏 잡아당겼던 거다. 아손은 집이라고 할 수도 없는 단칸방의 수납장을 열어 보기도 하고 가사의 흔적,

식기 도구 등의 생필품을 관찰했다. 벽돌집에는 수납장과 침대 그리고 작은 탁자가 놓여 있었다. 개중에 가장 눈에 띄는 무언가는 탁자 위에 봉해진 서류철과 편지지였는데, 그것들은 가뜩이나 휘갈겨 쓴 필체에 세월의 물기까지 잔뜩 빨아들여서 도무지 어떤 문자인지 판별할 수조차 없었다. 하지만 서류철에 담겨 있는, 자필로 작성한 편지 몇 장은 운 좋게도 건질 수 있었다. 아손은 편지 두 장과 탁자 서랍에 보관되어 있는 또 다른 낡은 편지를 발견해 그것들을 읽어 보았다.

동경하는 귀하께

오늘은 제 마흔 번째 탄신일입니다. 나는 지금 나의 고향에서 까마득히 먼 곳에 와 있습니다. 처음부터 행선지 없는 출발을 했기 때문에 지금 여기가 어딘지 모르겠습니다. 저는 지도를 만드는 사람도 아니고 배가 있는 항해자도 아니므로 여태까지 지나온 길을 반추할 방법도 없습니다. 역전에 나가면 서양 코쟁이들만 보일 뿐이에요. 당장 제 눈앞엔 솔잎 담배와 짝이 없는 신발이 놓여 있습니다. 주변은 깜깜해서 보이지 않아요. 촛불 아래에서 지금 이 편지를 쓰고 있습니다. 촛불이 밝혀 줄 수 있는 사정거리가 매우 좁기 때문에 주변 풍경을 알려 드릴 수는 없습니다. 지금이 밤은 아닙니다. 태양이 중천에 떠 있을 시간입니다. 저는 저의 의지대로 밝은 장소로 나갈 수 있습니다. 하지만 저는 제 인생의 암흑기를 지내고 있으므로 이에 걸맞게 어둠에 숨어 있을 작정입니다. 얼마 전부터 하늘에 달이 떠오르지 않아요. 신기하게도 달이 뜨지 않았기 때문에 제 가슴속에서 작열하고 불타오르던 믿음도 사라졌습니다. 저는 착잡함과 번민함을 겪고 있어요. 이 답답한 가슴에 조금이나마 산소를 불어 넣어 주기 위해 당신에게 편지를 씁니다.

염치 불구하여 서두조차 속마음 그대로 쓸 수가 없습니다. 나를 용서하세요. 우울을 가장해 속 시원하게 털어놨던 약속을 번복하겠습니다. 나의 빌미는 우울을 토대로 한 것이 맞지만, 아픔을 받는 자에게 합당한 구원이랍시고 입맞춤과 위로가 촉망되는 것은 사랑의 순리가 아닌 인위적인 경향이 있었습니다. 가시 돋친 유혹으로 사랑을 흉내 냈고, 그런 위장술에 능통했던 나는 당신을 농간했습니다. 언제까지나 금기해야 할 사랑의 노름질을 했습니다. 복권될 수 없는 주사위를 굴려 버렸고, 사랑을 볼모로 당신을 협박해야 했습니다. 천위를 거스르면서까지 당장에 당신을 포옹할 수 있는 패를 서슴없이 사용했습니다. 패들은 하나같이 소용되는 것들이었으므로, 나는 당신과 함께 인위적인 사랑의 휘하에서 놀아날 수는 있었습니다. 그러나 대미에 가서는 모든 거짓이 들통났고 제 같잖은 노력은 점점 무망해져 신용을 잃기에 이르렀죠. 그리고 다음 사기극의 최후에는, 강변과 진땀 나는 해명의 그물로 당신을 포획하는 수밖에 없었으나, 나에 대한 당신의 저주가 질긴 그물을 어려움 없이 헤쳐 놓았기 때문에 종국에는 완벽한 실패로, 모든 상황이 얼룩졌다는 것을 사무치게 통감했습니다. 저의 모든 방식은 분명히 틀려먹었습니다. '분명하다'라는 단어 선택은 당신의 마음에 가증을 일으킬 거예요. 내 사랑의 결점과 그릇된 폐단은 참작의 여지가 없습니다.

 삶의 연장선이 죽음과 연결되는 마지막까지, 우리는 사랑의 갖가지 특질을 몸소 깨달을 것입니다. 언외에 의미를 담아 대화하고 비밀스러운 눈길을 교환하고 표지의 선택을 실천함으로써 본능적인 물밑 사랑을 확보할 것입니다. 그렇다면 사랑의 지평은 확장됩니다. 우리의 명줄이 닿는 데까지, 저는 유동적으로 미끄러져 사랑을 충만케 할 것이고, 그 대가로 희생양, 즉 무고한 여성들이 늘어날 테지만 그녀들은 점차적으로 나의 실각을 선방할 수 있습니다. 비단, 나는 불운한 장래의 그녀들을 거부합니다. 나는 너무나 깊은 사랑에 빠진 나머지, 더 이상 당신이 아닌 여인들로 사랑의 지평이 확장되는 것을 멍하니 지켜볼 수가 없습니다. 당신은 내게 있어 첫 번째 사랑이에요. 응당히 첫 번째 사랑이 가지는 의미는 하잘것없는 것이긴 하지만, 오로지 앞날이 주는 무수한 체험과 가능성에 현혹되기 전에, 그것들을 지각하기 전에, 저는 그전에 당신이라는 사랑에 안주하기를 자처할 뿐입니다. 사랑의 시초에 머물며 영원한 미숙아로 남겠습니다.

아손이 첫 번째 편지를 다 읽어 갈 때쯤, 들개가 그의 옆으로 다가와 팔을 핥았다. 들개를 바라보는데 기분이 야릇했다. 어떤 인간이든 한 번쯤은 써 본 사랑 이야기에 불과한 편지이건만. 아손은 머뭇거릴 새 없이 다음 편지를 읽었다.

그 후로 오랫동안 슬픔에 빠져 방황했습니다. 심적인 해방과 자유는 언제쯤 제게 올지 모르겠습니다. 사랑과 그리움 때문이 아닙니다. 저에게는 도달해야만 하는 목표가 있습니다. 그 목표는 세상의 끝에 당도하고 하늘을 돌파하여 우주에 도착한다 해도 발견할 수 없는 것입니다. 제가 도달해야 하는 것은 결국 기다림이며, 이 기다림은 예수의 휴거를 고대하는 사람들의 묵시록적인 염원과도 같은 것입니다. 하나, 저의 기다림을 훼방 놓는 무언가가 오늘날 제게 다가왔습니다. 저는 여자 하나를 따라 낙토에 정주했고 지금은 매일 아침 배필과도 같은 여인이 달여 주는 줄기차를 마시면서 포부 없는 자의 가면을 쓰고 노동을 하러 외출합니다. 가족이 있다는 행복. 남들과 다를 바 없는 단조무미한 하루는 제게 커다란 기쁨입니다. 때때로 생각을 해 보면, 무한한 가능성이 잠재된 인생을 사는 개개인에게는, 고용주의 휘하에서 인력과 시간을 할애하고 때론 남의 능력을 빙자하여 자신의 것처럼 내세우는 게 통상적인 삶인 것 같아요. 개개인은 노력을 하지 않고 꿈이 없어서 그렇게 사는 것이 아닙니다. 손쉬운 길로만 걸어왔기 때문에 그런 것이 아닙니다. 그들은 사랑에 한눈이 팔린 나머지, 미래지향적이고 나중 가서야 큰 결실을 맺어 스스로를 대단히 후원해 줄 수 있는 자기 자신을 놓치는 겁니다. 우리는 운명의 어긋남, 그러니까 사랑의 단절에 대한 인내를 극구 꺼려하는 성품을 타고났기 때문에, 성욕 때문이 아니라 본연적으로 그리고 자연히 이성異性을, 제 짝을 찾아 헤맵니다. 사랑을 당하지 않으려는 결의는, 물론 자신을 좀

「 봄꿈의 향수 」

더 높은 정상으로 데려다줄 수는 있습니다. 그리고 그때서야 사랑을 시작해도 늦지는 않겠지요. 우리는 어쩌면, 신이 내린 낚싯바늘에 꿰어진 사랑을 물고기처럼 생각도 하지 않고 덥석 무나 봅니다. 신의 미늘은 그 어떤 미늘보다 날카롭고 크며, 우리를 사랑으로부터 헤어 나오지 못하게 하니까요.

연홍빛 벚꽃. 광장 가장자리는 구란으로 둘러져 있고, 사위에 펼쳐진 바다는 여느 때와 달리 유난히 푸르렀습니다. 바다에는 우두커니, 섬이 하나 떠 있었는데, 왠지 그 섬이 울고 있는 것 같았어요. 인파가 몰린 공원이었습니다. 저는 얌전히, 바다 한가운데에 있는 섬보다 더 멀리 떨어진 도시의 건물들을 보았어요. 그 아름다운 풍경은 인간의 도회적인 작품과 자연의 합작이고 어울림이었습니다. 저는 자연의 날을 감상하며 점점 어두워지는지도 모르고 어떠한 감동에 빠져 있었습니다. 감동은 황혼의 시간에 비로소 제 가슴에서 화려한 폭죽처럼 폭발했습니다. 총천연색을 담은 폭죽의 불꽃들은 아름다운 색깔이 되어 저의 마음 곳곳에 얼룩을 남겼습니다. 아, 이전부터 마음 곳곳에 있던 자국들, 아마도 이 자국의 정확한 이름은 환부일 겁니다. 저는 환부의 쓰라린 통증으로 가슴팍을 쥐어 잡고 통곡했습니다. 떠올릴수록 가슴 서늘한, 그놈의 그리움이 남긴 상흔에 불꽃이 맞닿은 것이죠. 아무

말 없이 눈물을 흘렸습니다. 이윽고, 하늘에 황혼이 나직하게 내려앉을 때에야, 바다에 연등이 켜지고, 개명에서 떠오른 태양이 완전히 식어 버렸습니다. 어찌나 아름다운 풍경인지. 꽃잎들이 휘날렸습니다. 각양각색의 연등은 환연하게 빛났습니다. 바다에 번진 환한 색깔들이 섞이고, 파문이 일어난 수면에서 일렁였습니다. 그중에서 가장 저를 황홀하게 했던 것은, 저만치에서 빛을 뿜어내는 도시의 화광이었습니다.

여자는 집에 내버려두고 시가지의 어느 식당에서 혼자 식사했습니다. 은제 식판에 배식을 받고, 자리를 잡아 앉았습니다. 제 오른편 두 자리에는 사내와 여성이 나란히 앉아 있었는데, 그들은 아무래도 사귀는 사이 같았습니다. 저는 그러려니 하고 식사했습니다. 밑반찬을 다 먹고 가만히 있자니, 식당 웨이터가 한 손에는 술을 한 손에는 술잔을 들고 오는 게 아니겠습니까? 저는 집에 돌봐야 하는 사람이 있다고 손사래를 쳤지만, 끝내 웨이터의 종용에 술을 네 잔이나 연거푸 마셨습니다. 이후로부턴 술이 보다 쉽게 목구멍을 타고 넘어가 위장을 화끈거리도록 했습니다. 주변은 이상하리만치 번잡했고, 모두가 취흥에 달아오른 듯한 분위기였습니다. 저는 취해서 자꾸만 오른편에 앉은 여성을 곁눈질했는데, 그 여성의 애인이 눈길로 경고를 주었음에도 저의 신경은 오른

「 봄꿈의 향수 」

쪽의 여성에게로 집중되어서 도무지 경황이 없었습니다. 그러고 있자니, 그 여성의 애인이 자리를 박차고 다른 장소로 가버렸습니다. 무언가 다투는 소리가 옆쪽에서 들렸지만 저는 탁자에 팔꿈치를 대고 손으로는 이마를 기대고 있었으므로 정확히 무슨 내용인지는 알 길이 없었습니다. 그때 문득 여성 쪽에서 저에게 "못 참겠어"라고 말을 건네 왔고 저는 그녀와 화장실을 같이 가게 되었습니다.

여성과 저는 분수의 물이 쏟아지는 정원을 지나 어느 높은 건물의 옥탑에 이르렀습니다. 옥탑의 바로 아래층에는 여러 개의 방이 있었는데, 단란주점 같기도 하고 아마 호텔방이었을지도 모릅니다. 저는 옥탑에서 여성과 한눈에 내려다보이는 바다 그리고 섬의 등대가 밝히는 머나먼 지점까지 그 멋진 경치를 구경했습니다. 그러다가 여성이 옥탑의 난간에 기대 상체를 기울인 채 불현듯 "사는 게 지친단 말이에요" 하고 속삭였습니다. 저는 상반신을 난간 바깥으로 내민 채 자꾸만 저 머나먼 아래를 바라보는 여성을 멀뚱히 보았습니다. 어둠이 짙어진 시각에 반짝이는 여성의 희멀건 눈물이 광대와 뺨을 따라 지면으로 흘러내렸습니다. 저는 무엇 하나 해 줄 수 있는 말이 없었습니다. 그 여성이 하반신마저 난간 너머로 내맡길 때까지, 아무것도 할 수 없었습니다. 그리고 저는 토했습니다. 바닥에 쓰러졌습니다. 이후 사람들이 왔습니다.

  기나긴 여정을 마치고 저의 고향집에 돌아온 지도 다섯 달이 넘었습니다. "시작과 끝은 하나다"라는 말처럼 저는 저의 고향으로 환원할 수밖에 없었던 운명이었나 봅니다. 제 고향 집은 세월을 견디지 못하고 군데군데가 무너져 내리거나 야생동물들의 보금자리가 되어 있더군요. 새가 집의 골조에 둥지를 트고, 여우 무리는 집 내부에서 몸을 둥글게 말고 서로 엉겨 붙어 있습니다. 자연의 원상이지요. 더 이상은 편지를 쓸 기력조차 남아 있지 않습니다. 세 달 전인가 배경을 알 수 없는 검정 들개가 밤하늘밖에 보이지 않는 출입문에 서 있었습니다. 출입문은 경사진 곳에 몇 도가량 기울어져 나 있기 때문에 문을 열어도 집 안에서는 하늘만 보일 뿐입니다. 무수한 별들이 반짝이는 밤하늘 안에 검정 들개 한 마리가 서 있었습니다. 처음에는 그 들개를 내쫓아 버렸지만 지금은 촛불 아래 저와 하나가 되어 붙어 있습니다. 이 들개에게 괴조라는 이름을 붙여 주었어요. 그리고 제 목걸이, 그러니까 작은 유리 상자 모양의 목걸이에 들어 있는 노란색 알맹이를 괴조에게 먹였습니다. 이 알맹이는 언젠가 내가 여행을 하면서 만난 어린아이에게 받아 낸 것이지요. 그 아이는 이 알갱

「 봄꿈의 향수 」

이가 불로장생의 묘약이라는 이름을 가지고 있다고 말했습니다. 그 알갱이를 받아 든 저는 아이에게 이름을 물었습니다. 아이는 자신의 이름이 외자 이름이라고 하더군요. 그래서 다시 물었습니다. 네 이름이 뭐니! 아이는 자신의 이름은 딱히 정해진 게 없지만 모두들 자기더러 '삶'이라 부른다 했습니다. 말을 맺기가 무섭게 아이는 어디론가 홀연히 뛰어가 버렸습니다. 그 아이는 눈이 총명했어요. 저는 제자리에 서서 한동안 목 놓아 울었습니다. 눈물을 닦고 근방의 점포에 들어가 작고 귀중한 무언가를 보관할 수 있는 함函이 있냐고 주인에게 물었습니다. 점포 주인은 제게 무엇을 보관할 건지 묻고, 알갱이를 보여 주자 작은 함과 연결된 목걸이를 주었습니다. 저는 알갱이를 함에 넣은 다음 점포를 빠져나와 고향으로의 귀소를 다짐했습니다. 나의 고향, 나의 추억으로 말이죠. 더 이상은 당신에게 할 말도, 삶의 유한도, 아쉬움도, 억울함도 없습니다. 나는 모든 걸 이뤘어요. 이제 들판으로 나가렵니다. 나를 기다리고 있는 무언가가 있어요. 그 무언가는 사람이기도 하고, 신이기도 하며, 바람이고 향수이기도 하답니다.